アメリカ文学とニューオーリンズ

口絵１　ミシシッピー河をゆく蒸汽船

口絵２　フレンチ・クオーターの家屋

口絵３　死者の町のセント・ルイス墓地

口絵４　現存するリバーロード・プランテーションの屋敷

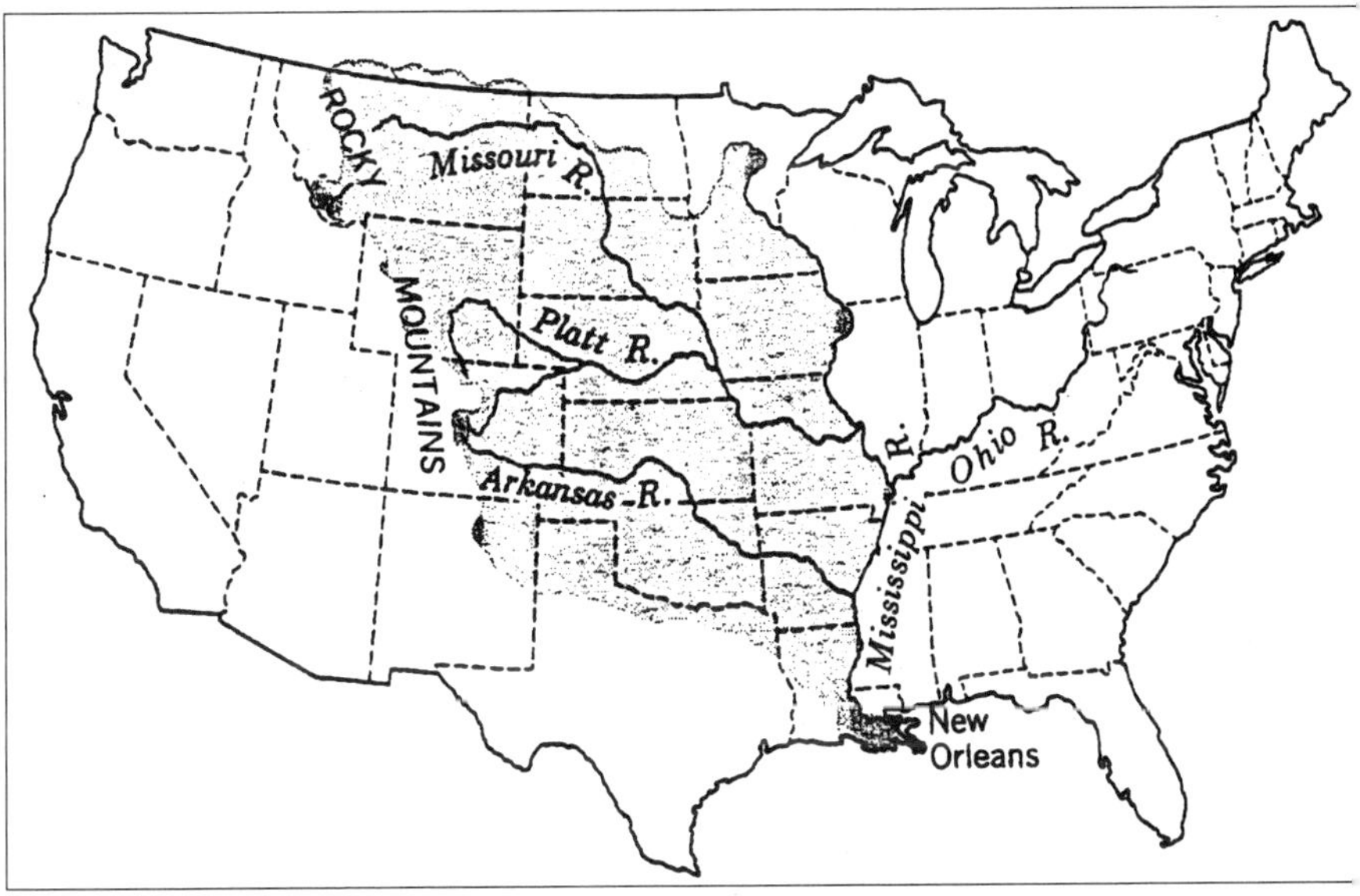

地図１　灰色の部分は1803年、アメリカが買いとった仏領ルイジアナ

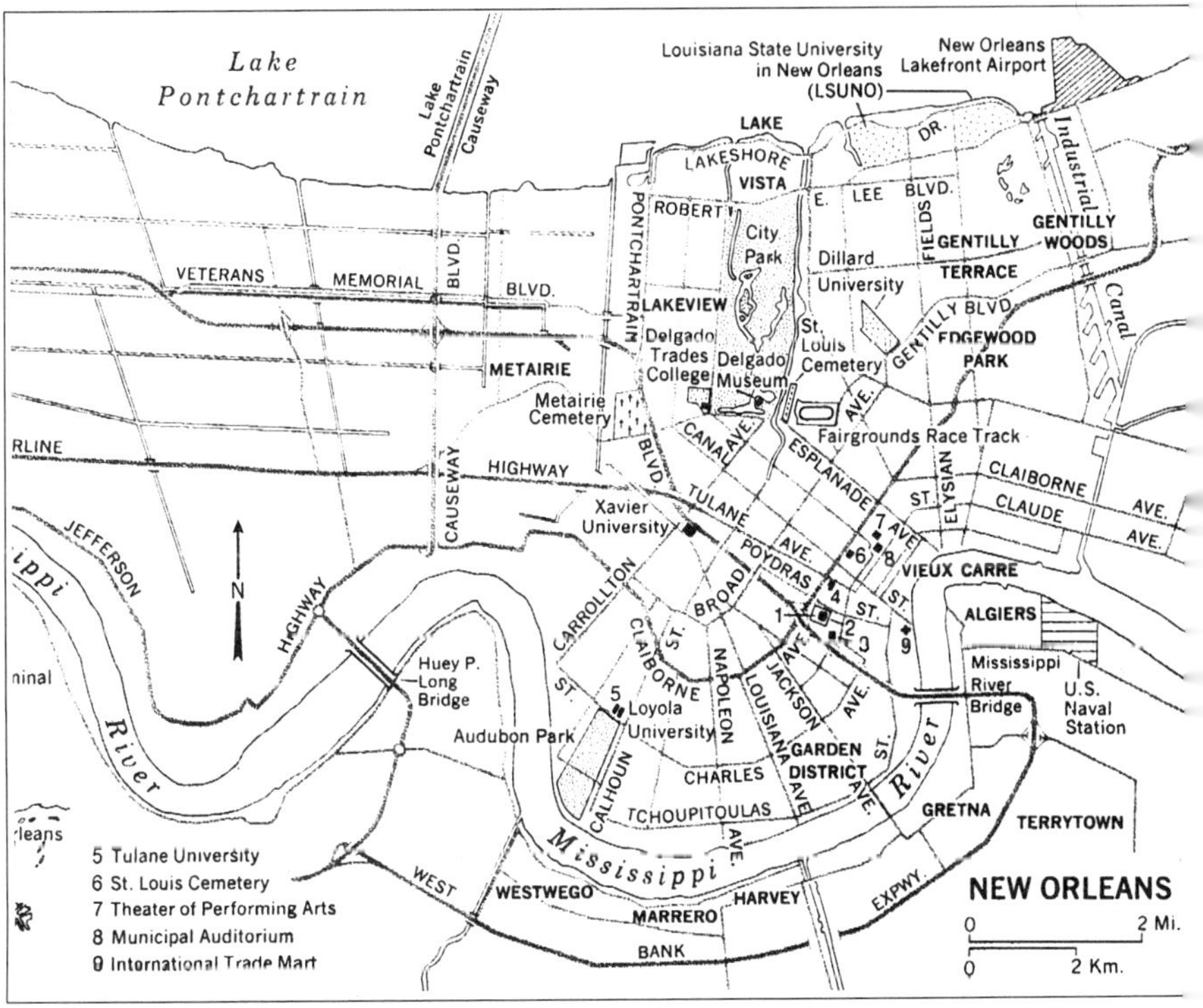

地図２　クレッセント・シティ（三日月型の都市）

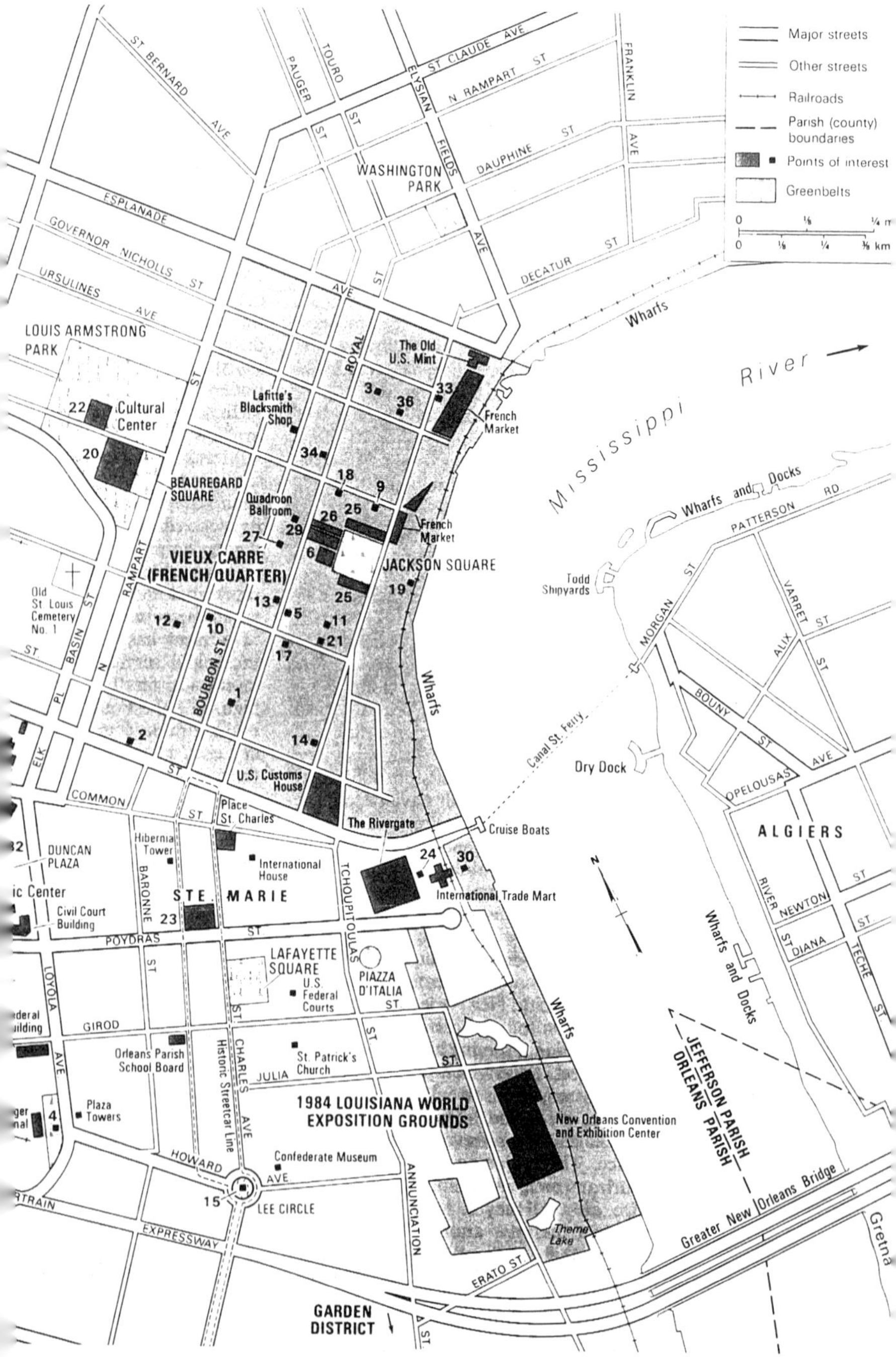

地図3　フレンチ・クオーターとその周辺

目次

アメリカ文学とニューオーリンズ

序　章　ニューオーリンズ概観　7
第一章　ジョージ・ワシントン・ケイブル　31
第二章　ラフカディオ・ハーン　53
第三章　ケイト・ショパン　75
第四章　シャーウッド・アンダソン　97
第五章　ウィリアム・フォークナー　119
第六章　ゾラ・ニール・ハーストン　141

第七章　テネシー・ウィリアムズ　159
第八章　ブラック・ニューオーリンズ　183
第九章　アン・ライス　207
あとがき　230
執筆者リスト　231
参考文献　241
図版出典一覧　243
索　引　254

序　章　ニューオーリンズ概観

ニューオーリンズのオーラ
——序に代えて

風呂本惇子

漂うオーラ

「ニューオーリンズ」という地名を耳にしたとき、人々の脳裏に浮かぶイメージはなんだろう。夕日に輝くミシシッピー河、白い外輪船、フレンチ・クオーターのバルコニーを囲む繊細な鉄細工の手摺り、ガーデン・ディストリクトの緑陰と点在する優雅な邸宅、白っぽい墓を地上に積み重ねた墓地、バイユーの沼沢地と魚採りの小船、香辛料の効いた魚介料理、湿った暖かい空気とよく降る雨、ジャズ、ヴードゥー、マルディ・グラの祭り、そして多様な肌色の人々。実際にニューオーリンズへ行った者はもちろん、行ったことがない者も小説や映画、演劇、音楽を通してなじんできたこれらのイメージ。しかし、そのすべてに、五感に即した言葉では表せない何かが染み込んでいる。その何かは北部の大都会ニューヨークやシカゴとは異質な、かと言って同じ南部のアトランタやチャールストンにも感じられないものだ。異国の文化が絶えず流れ込む西海岸の港町サンフランシスコにはいくらか通じる部分があるように見えるが、それでも陽光いっぱい《サニー》のサンフランシスコにはない何かなのだ。その「何か」を仮にニューオーリンズのかもしだすオーラと呼んでおこう。アメリカ文学の世界には、このオーラに魅せられてニューオーリンズを舞台に傑作を生んだ作家、あるいは直接の舞台にはしないがニューオーリンズから創作のエネルギーを得た作家がたくさんいる。本書の執筆者たちは、各作家に対してニューオーリンズの果たした機能を考察しつつ、確かに存在するが決して画一的な定義でくくることのできないそのオーラに、それぞれの方法でアプローチを試みた。まず、ニューオーリンズの地理と歴史、文学界の状況を垣間見ておく必要があるだろう。

ニューオーリンズの形成

フランスの探検家ラサールがミシシッピー河の西側をカナダからメキシコ湾まで南下したのは、十七世紀も終わりに近い頃のことだ。先住民にとっては、「土地」は生きるのに必要な恵みを万人にもたらすものであり、所有の対象ではなかったであろうが、ラサールは自分の踏破した地域一帯をフランス領と主張し、時のフランス国王ルイ十四世にちなんでルイジアナと命名した。巻頭の地図1の灰色で示されている広大な地域である。(現在ルイジアナ州と呼ばれるのはその一部にすぎない。) 輸送を水路に頼っていたその時代、ミシシッピー河口の軍事的・経済的重要性は明らかであり、ここに町が建設され、一七一八年、ルイ十五世の摂政オルレアン公の名をとって「ヌーベル・オルレアン」と命名された。その後この広大な地域は、一七六二年にスペインに割譲され、一八〇二年にふたたびフランスの手に戻ることになるが、その経緯をたどることは当文脈の目的ではない。重要なのはその翌年、アメリカ合衆国がこの地域を買い取ったことである。

当時フランスを支配していたナポレオンは、カリブ海の仏領の島々(マルティニーク、ガドループ、サント・ドミンゴなど)とこのルイジアナを結ぶ、一大植民地帝国を築く野望を抱いていた。その実現を恐れたアメリカ合衆国第三代大統領トマス・ジェファスンは、なんとかしてこの土地を購入しようと交渉を重ねた。承諾しそうになかったフランスが、一八〇三年に売却を決意したのは、ヨーロッパでの戦争の資金が必要だったからだけではない。カリブ海の島サント・ドミンゴ(現在のハイチ)で一七九一年からトゥサン・ルヴェルチュールの率いる奴隷反乱が起こり、一八〇〇年には黒人が全島を掌握、鎮圧のために送られたフランスの軍隊が敗北し、精神的にも経済的にもフランスが植民地管理に自信を失ったからでもある。結局アメリカは一五〇〇万ドル(一エーカー三セント弱に相当)でこの地域を手に入れ、国土は一挙に広がり、以後西部開拓に邁進することになる。なお、サント・ドミンゴには一八〇四年一月一日黒人の共和国が誕生し、「ハイチ」と名乗った。

多元文化の都市

このような経緯でアメリカ合衆国のものとなったニューオーリンズには、ヨーロッパの二つのラテン系カトリック国スペインとフランスの文化が染み込み、建物や通りの名称などにも両国の統治時代のなごりが色濃く残っている。巻頭の地図2が示すように、当初はミシシッピー河の湾曲部に沿って発展していたので、この町は「クレッセント・シティ」（三日月型の都市）と呼ばれた。発展の中心となったのが巻頭の地図3の濃い色の部分、ヴィユ・カレ（フランス語で「旧区」）、すなわちフレンチ・クオーターである。建物を特徴付けるのはバルコニーの鉄細工の手摺りと床のところまで全開するいわゆるフレンチ・ウインドウであるし、ところどころで背後にわずかにのぞく中庭は明らかにスペイン様式である。現在、観光客はこの区域のエキゾティシズムに最も引き付けられ、特に夜は酒と料理と音楽を求めて区域内のバーボン・ストリートに集中する。フレンチ・クオーターの西南の端を画するカナル・ストリートは、あとからやってきたアメリカ人たちが住むようになった区域（現在のニューオーリンズの商業中心地区と、高級住宅街であるガーデン・ディストリクトを含む）との境界線に相当する。片や優雅にして享楽的、頽廃的、片や勤勉にして実質的、と言ってしまってはあまりにステロタイプであるが、カナル・ストリートが同じ町の中のヨーロッパとアメリカ、カトリックとプロテスタント、という二つの異なる世界の対照を強調してきたのは確かである。このどちらの地区にも入らぬ区域の一つに、主に黒人貧困層が集まり、皮肉にも「デザイア」と名付けられたところがある。『欲望という名の電車』（*A Streetcar Named Desire*）の主人公ブランチは、「デザイア（欲望）」行きの電車に乗るが、途中で「セメタリーズ（墓地）」行きの電車に乗り換え、「エリジャン・フィールズ（極楽）」で降りるので、現在「第九区」と呼ばれるこの地域には結局行っていない。ニューオーリンズは概して海抜より低いので、ハリケーンのときにしばしば洪水に襲われる。（死者を地下に埋葬せず墓を地上に積み上げる風習もそのためである。）第九区は、洪水のときに最も大きな被害を受けてきた。(1) 観光客には見えない裏側のニューオーリンズがここにはある。

スペインあるいはフランスの植民者を先祖とし、この土地に生まれた人々は自らを「クレオール」と名乗り、新参のアメリカ人はもちろん、あとから来たドイツ、イタリア、アイルランドなどヨーロッパの移民たちとは違う独自の伝統があることを誇り高く主張してきた。その生活や思考様式は、**ジョージ・ワシントン・ケイブル**（George Washington Cable　第一章参照）の作品に描きだされている。のちには、これらクレオールと黒人との混血者も（現地生まれという点が同じため）やはり「クレオール」と呼ばれるようになった。奴隷制時代、ニューオーリンズには多数の自由黒人が暮らしていた。十九世紀初頭にはこの町の全人口一万四千人のうち千三百人ほど、南北戦争直前の一八六〇年の記録では、全人口も約十倍に増えて十四万四千人、黒人は二万四千人、うち自由黒人は一万一千人となっている。自由黒人は公的な場で名前を記録するとき、名前の後ろに f. m. c., f. w. c.（フランス語ならh. c. l., f. c. l.)[2]を付けて身分を明らかにすることを要求された。自由黒人の中でもクレオールの黒人は他の黒人とは一線を画する一種の特権をもち、独自のコミュニティを形成していたという。クアドルーン（四分の一の混血）やオクトルーン（八分の一の混血）のクレオールの女性を白人の男性が愛人にして「家族」を形成する「プラサージュ」は、半ば公に受け入れられた風習ですらあった。北アメリカでは子供は必ず母親の身分を受け継ぎ、主人の生ませた子であれ奴隷として売り払われることも珍しくなかったが、カリブ諸島のフランス植民地では、白人の主人が奴隷の女性に生ませた混血の子供を、自由の身として教育も受けさせる習慣があった。このような違いのため、ニューオーリンズのフレンチ・クレオール社会で黒人クレオールという特別な階級の存在が容認されたのかもしれない。とは言え、彼らと白人クレオールの間には厳然とした越えがたい溝があった。あとで触れるように、この溝は南北戦争後、再建期を過ぎてからより深く厳しいものとなってくる。

フランス系のなかでも、ニューオーリンズの西側に広がる沼沢の多い土地（現在エヴァンジェリン郡、アケーディア郡（あるいはアカディア郡）となっている地区）、特にバイユー・テシ河畔を中心に別個のコミュニティを形成している人々はクレオールではなくケイジャンと呼ばれている。彼らは、一七五〇―六〇年代にカナダのノヴァ・スコシア州アケーディアからイギリス人に追われてルイジアナに移住してきたカトリック教徒たちの子孫である。ヘンリー・ワズワース・ロングフェロー（Henry Wadsworth Longfellow）の「エヴァンジェリン」（"Evangeline"）はこの地方へ逃れてきた恋人たちの悲話に材をとった長詩である。この地方に暮らす人々は今も独自の古い習慣を守り、ケイジャン語と呼ばれるフランス語方言を使っている。**ケイト・ショパン**（Kate Chopin　第三章参照）は、このバイユーを舞台にした多くの短編を生み出した。ニューオーリンズの周縁に暮らす彼らの文化もこの町に浸透して多元文化に寄与してきた。

　多元文化と言えば、カリブ海文化の影響も大きなものであった。ミシシッピー河が最終的に流れ込むメキシコ湾の向こうには、カリブ海がある。ニューオーリンズはいわばカリブ海に向かって開く北アメリカ大陸の戸口なのだ。アイルランドからシンシナティへ渡ってきた**ラフカディオ・ハーン**（Lafcadio Hearn　第二章参照）はケイブルの描くニューオーリンズにひかれて南下し、この「戸口」を通過してさらに先へ、カリブ海のマルティニークへ南下して行った。先に触れたハイチ（サント・ドミンゴ）の革命の際にも、ハイチから逃れてきた多数のフランス系白人がこの「戸口」を通って流れ込み、彼らの文化を持ち込んだ。彼らに同行した黒人奴隷たち、およびハイチからキューバへ渡ったものの結局キューバがスペインの支配下に置かれたため追い出されてニューオーリンズに流れてきた自由黒人たちが、ヴードゥー（黒人の民間信仰）を携えてきたので、以後ニューオーリンズはヴードゥーのメッカのようになった。ケイブルの『グランディシム一族』（*The Grandissimes*）には、クレオールの白人の間にもヴードゥーを信じる者がいた様子が描かれている。しかし、ニューオーリンズがアメリカのものになってから、この宗教をおおやけに信仰することは禁止された。だから黒人たちはヴードゥーにカトリックの隠れみのをかぶせた。ろうそくや聖画を用いる彼らの礼拝儀式にその痕跡は明らかである。彼らは、セント・マロンなる聖人を創ってカトリックの守護聖人の中に加えることまでした。マロンは、英語で言う「マルーン」すなわち逃亡奴隷であり、この聖人は逃亡奴隷を守る機能をもたされたのである。また、ことが迅速に進んでほしいときに祈るセント・エクスペディテなる聖人も創られ（フランス語の expédier, 英語の expedite, ともに「さっさとすませる」という意味がある）、ニューオーリンズには実際にその聖人像も存在するという。[3] ニューオーリンズのヴードゥーの女王と謳われたマリー・ラヴォーについてはさまざまな伝説があり、小説家**ゾラ・ニール・ハーストン**（Zora Neale Hurston　第六章参照）もこの土地へ来て民俗学者としての調査を行っている。

カリブ海の黒人文化は、言うまでもなく西アフリカ文化に源をもつ。したがって西アフリカ系の文化を抜きにしてニューオーリンズを語ることはできない。奴隷制時代、ことに十九世紀前半のニューオーリンズは奴隷売買の中心地であった。奴隷たちにとって、自由州の北部やカナダを「天国」とすれば、深南部に向かって「河下に売られる」ことは、まさに「地獄」に送られるような恐ろしいことであった。そして「河下」の行き着くところがニューオーリンズであり、ニューオーリンズの奴隷競売は小説でも奴隷体験記でもしばしば言及されている。オハイオ河の渡し守りをしていた若き日のリンカンが、船荷を運んでミシシッピー河を下ったときにニューオーリンズで奴隷競売を目撃し、「こんなことは止めさせなければならない」と心に誓ったという伝説もある。奴隷売買の中心地たるこの町において黒人人口の占める割合が格別多かったことは先にも触れた。フレンチ・クオーターの中央部にあるセント・ルイス大聖堂の前にはアンドリュー・ジャクソン将軍（のちに第七代大統領）の名を付したジャクソン広場があり、彼の馬上姿の銅像がある。一八一二年戦争として知られる対英戦争の際の「ニューオーリンズの戦い」を記念したものである。この戦いは一八一四年十二月から一五年一月にかけて行われ、ジャクソンは正規軍だけでなく開拓者たちの隊や、自由黒人の隊も二隊編入してイギリス軍を迎え打ち、大勝した。ジャクソンは黒人を戦力と見て彼らの志願を呼びかけた文書で、入隊後の彼らの待遇は他の兵士たちの場合と同等であると保証し、戦いが終わってからは「期待をはるかに越えた」黒人たちの武勲を称賛している(4)。要するに、彼らを無視するわけにいかなかったのだ。数が多いのであるから、アフリカ系アメリカ人の文化の浸透も当然の結果であった。フレンチ・クオーターのすぐ近く、北側（巻頭の地図3を参照）に位置するコンゴ・スクエア（現在のルイ・アームストロング公園）では、休みの日に奴隷たちが集まって手製の楽器を打ち鳴らし、歌や踊りを楽しんだ。年月が経つうちには、こうした西アフリカ系のリズムがヨーロッパ系のリズムにぶつかりあい、混じりあってゆく。「ジャズ」がアメリカ全体、いや世界に認識されたのは二十世紀に入ってからであるが、多元文化都市ニューオーリンズがその揺り篭の役を果たしたのだ。コンゴ・スクエアでは特別の日には「王様」を仕立てて仮装して踊ったということだが、一八三〇年代にはこの広場で踊ることが禁止された。原因は、一八三一年にヴァージニア州で起こったナット・ターナーの乱にある。奴隷が集まることに反乱の可能性を危惧したのだ。しかしその習俗はマルディ・グラに溶け込んでいる。この祭りが現在のような形で催されるようになったのは、一八五七年の仮面行列からであるが、本来この土地はカトリック圏であるからカーニヴァル自体は十八世紀にも行われていた。一七八一年には黒人が仮面を付けることに禁止令が出たという記録がある。これもまた反乱を恐れたゆえであろう。また十九世紀末には、黒人が先住民（この地域の先住民は主としてチョクトーである）の仮装をしてその苦難に共感を表現したという記録もあり、マルディ・グラの歴史にはさまざまなドラマが含まれていることが感じられる。カトリック文化とアフリカ文化の融合という点で、マルディ・グラとヴードゥーは共通していると言えよう。

このようにアフリカ系の要素はニューオーリンズの文化に深く織り込まれているのだが、だからと言ってこの町が人種の問題に進歩的だったわけではない。カリブ海の島ハイチの革命は、大英帝国に反旗をひるがえして達成されたアメリカの独立革命と、それに勇気を得て王制をうち倒したフランス革命との延長線上に位置付けて然るべきものである。「自由と平等」が、彼らの共通の理念なのであるから。しかし実際には奴隷反乱の影響がアメリカにおよぶのを恐れ、南部プランターたちはハイチからの黒人の流入を阻止しようとした。事実、一八一一年に、ニューオーリンズで数百人の奴隷の反乱が起こり、その指導者チャールス・デスロンデスは、サント・ドミンゴから移ってきた混血の自由黒人だった。しかも反乱はこれ一度ではなかったのである。ハイチ革命は南部諸州すべてに衝撃を与えたが、地理的に近いニューオーリンズが最も深い衝撃を受けたことは容易に推測できる。ニューオーリンズの住民は、他のどの南部の町の住民よりもこの革命の意味を自らに問うことを求められたであろう。一世紀近く経って書かれたケイブルの『グランディシム一族』にもその反映は見られる。(5) ケイブルとちがってニューオーリンズ出身ではないが、この土地に魅せられてしばし暮らした**ウィリアム・フォークナー**（William Faulkner　第五章参照）も、ニューオーリンズが重要な舞台となる作品『アブサロム、アブサロム！』（*Absalom, Absalom!*）のなかで、ハイチの奴隷反乱を描いている。もっとも、その設定は、ハイチの革命がとうに終わり共和国が発足してだいぶ経った一八二七年になっているので、明らかに時代考証が正しくない。考えられることは、この南部作家に「ニューオーリンズ」という地名が「ハイチ」および「革命」という強い連想を引き起こしたということである。

このような特別な意味を担う土地でありながら、再建期が過ぎて南部一帯に反動の風潮が蔓延したとき、ニューオーリンズはそれに染まってしまった。三十二分の一であれ六十四分の一であれ黒人の血を受け継いでいる者すべてを黒人と見なすアメリカ方式はこの土地にも波及し、クレオールの黒人と言えどもジム・クロウ（人種差別）を免れ得なかった。ルイジアナ州のジム・クロウぶりを示す有名な例を挙げておこう。一八九六年のプレッシー対ファーグソン訴訟の判決である。ニューオーリンズからコヴィントンまで六十マイルの旅をするのに、ジム・クロウ車両（黒人専用の車両）に乗るのを拒否して逮捕されたプレッシーは、八分の一黒人の血を受けついだ外見は白人と変わらぬクレオールであった。彼は周囲の支援を得てファーグソン判事を相手に裁判にもち込んだのだが、連邦最高裁は「分離はすれど、平等（"Separate, but equal"）」という判決を下し、この訴えを却下した。この判決は人種差別を正当化することになり、以後、一九六四年に新公民権法が成立するまで五十八年間効力をもち、多くの類似の訴訟に対して判例となってきたのである。

文学の状況

ところで十九世紀のニューオーリンズの、文学の状況はどうであったのか。ニューオーリンズはカリブ海に向かって開かれた戸口と先に述べたが、視点を逆にアメリカ内部に向けてみると、ここは孤立した半島のような趣がないわけでもない。確かにこの町は建設当初から経済の要であった。南北戦争勃発までは、合衆国の内陸で産出された物資はオハイオ河とミシシッピー河を利用していったんニューオーリンズ港に集められ、そこから西部に向けて運ばれてゆく状況であった。最盛期の一八五〇年代には一日に四百せきもの蒸気船が入港し、ニューオーリンズは「南部の女王都市」と呼ばれて栄華を極めていた。このようにあまりにも経済的な意味の大きい土地柄ゆえ、文学の世界からは置き去りにされていたような感じがする。一八四一年、珍しく『サザン・クオータリー・レヴュー』（*Southern Quarterly Review*）という文芸誌が創設されたが、一年ともたず本拠がサウス・カロライナ州チャールストンに移ってしまった。一八四六年創設の『デボウズ・コマーシャル・アンド・ファイナンシャル・レヴュー』(*De Bow's Commercial and Financial Review*) はその名の通り経済誌であるが、文学に関する記事も(伝記や新刊の紹介程度だが)掲載し、これは一八八〇年まで続いた。このことがニューオーリンズにおける文学の位置を象徴的に語っている[6]。

しかし、港が封鎖されれば町の繁栄は壊滅する。南北戦争中、一八六二年に北軍のデヴィッド・G・ファラガット提督により港を封鎖され、ベンジャミン・F・バトラー将軍により町を占拠されるや、かつての栄華はたちまち崩れ落ちた。戦争終了後、鉄道の発達によりミシシッピー河の重要性も著しく下落した。マーク・トウェイン (Mark Twain) も子供の頃のミシシッピー河の活況ぶりと比べ、八〇年代のそれを「死に絶えた」ようだと形容している[7]。ところがこのような状況に至ってようやく文学の出番がまわってきた。十九世紀の終わりごろから「地方色《ローカル・カラー》」がもてはやされるようになり、「昔《オールド》のニューオーリンズ」に脚光が当てられたからである。ローカル・カラーに関しては、北部が南部の資源を使って工業を営み経済を支配するのに似ており、南部のローカル・カラーを輸入して北部出版界がうるおっている構造は「南部の文学的植民地化である」として否定的な見方をする批評家もいる。しかし、もう一方にはこの時期を「ニューオーリンズの文学的ルネサンス」と称える批評家もいる[8]。再建期以後から世紀末までの間に、ジョージ・ワシントン・ケイブル、ラフカディオ・ハーン、ケイト・ショパン、グレイス・キング (Grace King)、アリス・ダンバー゠ネルソン (Alice

Dunbar-Nelson）といった作家たちが続出し、時の経過に耐えて今も読まれる作品が数多く生まれたからである。本書ではとりあげなかったが、クレオール社会に根をはる人種差別を批判したケイブルに反感を抱き、自ら筆をとってクレオール社会の擁護に立ち上がったグレイス・キングのような作家もいる。彼女はその面ではいわば保守派の短編作家であるが、南部の家父長制度に抑圧された女性たちの暮らしに焦点を当て、社会的な運動に加わった面では進歩派であり、ショパンとの共通性も感じられる。また、故郷に対する彼女の愛情は『ニューオーリンズ――場所と人々』（*New Orleans: The Place and the People*, 1895）なる歴史書としても実っている。アリス・ダンバー＝ネルソンもケイブルに触発されて、ただし黒人クレオールを主人公にして短編を書き、また「ルイジアナの黒人たち」（"People of Color in Louisiana"）という歴史を『ジャーナル・オブ・ニグロ・ヒストリー』（*Journal of Negro History*）に書いている。彼女も次第に女性と黒人の人権に関する社会的な運動の場で活躍するようになる。著名な黒人詩人ポール・ローレンス・ダンバー（Paul Laurence Dunbar）と結婚（のちに離婚）した経歴も含め、彼女の存在は近年新たな関心を集めている。(9)

二十世紀に入ると、フレンチ・クオーターを中心にかなり目立った動きが起こってくる。一九二〇年代、この地区はニューヨークのグリニッジ・ヴィレッジやハーレムを思わせるような、ボヘミアンふうの芸術家たちのたまり場になった。なかでも文学を志す人々の輪の中心に、一九二一年に創設された小雑誌『ダブル・ディーラー』（*Double Dealer*）があった。文学不毛の地と見られがちだった南部であるが、同じ年にテネシー州ナッシュヴィルにもランサム（John Crowe Ransom）やテイト（Allen Tate）ら詩人たちによる小雑誌『フュージティヴ』（*Fugitive*）が誕生している。何かが動き始めていたのだ。『ダブル・ディーラー』はシャーウッド・アンダソン（Sherwood Anderson）、ジーン・トゥーマー（Jean Toomer）、ハート・クレイン（Hart Crane）、エドマンド・ウィルソン（Edmund Wilson）、ロバート・ペン・ウォレン（Robert Penn Warren）、アレン・テイト、ドナルド・デヴィッドソン（Donald Davidson）、ソーントン・ワイルダー（Thornton Wilder）、ウィリアム・フォークナー、アーネスト・ヘミングウエイ（Ernest Hemingway）、エイミー・ロウエル（Amy Lowell）といった錚々たるアメリカ文学者たちの寄稿を得ているが、五年後の二六年には刊を閉じた。若い作家たちを励ます意図があり、またハーレム・ルネサンスに呼応して黒人の作品を紹介するなど新しい息吹も確かにあったのだが、特に鋭い主張があったわけではないためか長続きはしなかった。しかしフレンチ・クオーターの雰囲気を愛し、ニューオーリンズにしばしば滞在した**シャーウッド・アンダソン**（第四章参照）とウィリアム・フォークナーにとって、『ダブル・ディーラー』や編集者がオーヴァーラップしている新聞『タイムズ・ピカユーン』（*The Times-Picayune*）の仲間との交流は、創作の刺激になったことと思われる。

一九三〇年代から四〇年代にかけては、ニューディール政策の一環である「連邦作家雇用促進計画」（Federal Writers' Project of Works Progress Administration）のルイジアナ版があった。**テ**

ネシー・ウィリアムズ（Tennessee Williams　第七章参照）はこの計画に参加することを希望してニューオーリンズに来たが、仕事は得られなかった。彼が来た頃のフレンチ・クオーターはかなり荒廃していたということであるが、それでもどんなに異質なものでも寛容に受け入れる独特の雰囲気は変わらず、彼はアンダソンやフォークナーと同じようにその雰囲気の虜になった。なお、フレンチ・クオーターの貴重さは第二次大戦後に見直されて、整備された。ところでこの「作家計画」の進行にあたって、白人作家グループの統率役を担ったのは「ミスター・ニューオーリンズ」の異名をもつライル・サクソン（Lyle Saxon）であった。南部貴族型の紳士で、グレイス・キングの系統を受け継ぐ彼は、『タイムズ・ピカユーン』の記者でもあった。一方、黒人作家グループを率いたのは詩人で民俗学研究者でもある**マーカス・クリスチャン**（Marcus Christian　第八章参照）であった。結果は、黒人作家たちが収集したフォークロアや体験談などを素材に、サクソンやその仲間のロアク・ブラッドフォード（Roark Bradford）、ロバート・タラント（Robert Tallant）たちが書物を書き出版するという形になってしまった。黒人の掘り起こした資源を、出版力をもつ白人が利用して実績を独占するという「植民地」構造がここにも姿を見せている。

こうした苦い経験を経て、公民権運動の時代が来る。のちにマーティン・ルーサー・キング牧師が率いることになるＳＣＬＣ（南部キリスト教指導者会議）が組織されたのはニューオーリンズであるし、公共の乗り物や待合室などの施設における人種差別を実地に調べる「フリーダム・ライド」のバスの終着地点はニューオーリンズであり、一連の運動のなかでニューオーリンズも大事な役割を果たしたと言える。その後、一九六〇年代後半―七〇年代には期も熟しイシュメイル・リード（Ishmael Reed）や**トム・デント**（Tom Dent　第八章参照）を含む若手が、演劇グループや作家グループを形成し、デザイア地区を基盤に新しい価値観に基づく独自の活躍を始めた。フレンチ・クオーターやガーデン・ディストリクトだけがニューオーリンズではないことを、そしてデザイア地区には不満がたぎっていることを、これらの作家たちが声にし始めたのである。

　フレンチ・クオーターやガーデン・ディストリクトのローカル・カラーをあえて避ける作家は、白人のなかにもいる。ニューオーリンズ生まれであってもリリアン・ヘルマン（Lillian Hellman）やトルーマン・カポーティ（Truman Capote）は舞台設定が特にこの町でなければならない類いの作品を書かないし、ウォーカー・パーシー（Walker Percy）やジョン・ケネディ・ツール（John Kennedy Toole）の姿勢は、ニューオーリンズのなかでも地味な地域（たとえばジェンティリー）を舞台にして、他の都市に暮らす現代の人々と共通の問題を描こうとするものである。現在のニューオーリンズはNASA航空宇宙局や石油で知られる産業都市でもあるのだから、当然のことではある。その一方、ニューオーリンズにいまだ漂うオーラをインスピレーションの源にして、ニューオーリンズならではの作品に仕立て、そのオーラをいやが上にも掻き立てることに成功している作家たちも健在である。地下に葬ることをしないので死者が存在を隠さないニューオーリンズの墓地が、**アン・ラ**

イス（Anne Rice　第九章参照）を筆頭とするヴァンパイア小説やゴシック小説の作家たちの想像力に働きかけるのかもしれない[10]。これらの作家群の旺盛な創作状況から推して、かつてケイブルのクレオール描写に触発されてハーン、ショパン、キング、ダンバー＝ネルソンがそれぞれの世界を切り開いたように、彼らの作品もまた次世代の作家の触発に貢献することが十分に予想される。

各章のテーマ

本書で取り上げた作家の選定に当たっては、*Literary New Orleans*（Richard S. Kennedy ed., Louisiana State University Press, 1992），*The Myth of New Orleans in Literature*（Violet Harrington Bryan, The University of Tennessee Press, 1993），*Literary New Orleans in the Modern World*（Richard S. Kennedy ed., Louisiana State University Press, 1998）を参考にした。

一章から三章までは十九世紀に当ててある。第一章（杉山）は『グランディシム一族』において十九世紀初頭のクレオールの生活を描き、エキゾティックな魅力で外壁を覆いながら、実は自身の時代である一八八〇年代のニューオーリンズを透かし見せ、ジム・クロウイズムを批判したケイブルの手法を強調する。第二章（西）は滅びゆく文化を惜しんでニューオーリンズからグランド島へ、マルティニークへ、さらに日本へと移動したハーンの足跡に、合衆国の膨張主義と合致する「英語作家」としての側面を感じとり、彼の作家人生における「通過点」ニューオーリンズの意味と、小説『チータ』（*Chita*）の意味を考察する。第三章（藤田）は多くの男性作家にとってその包容力と官能性が解放感をもたらすニューオーリンズを、ショパンが『目覚め』（*The Awakening*）において伝統と抑圧のメタファーとして用いていることを指摘し、女性作家の受け止め方の独自性を示す。

四章から七章までが対象とするのは、一九二〇年代から五〇年代の作品である。第四章（森岡）は第一次大戦後のアメリカに行き渡る生活と思考の画一化傾向を嫌うアンダソンにとって、自由奔放な生き方を受け入れるニューオーリンズとの出会いがいかに意義深いものであったかを、作品『多くの結婚』（*Many Marriages*）『暗い笑い』（*Dark Laughter*）を通して例証する。そのアンダソンとニューオーリンズで出会ったことが、フォークナーには大きな意味をもった。アンダソンは彼に、故郷ミシシッピーの片田舎の小さな町オクスフォードが書くに値する宇宙であることを助言してくれたのである。第五章（岡地）はフォークナーのニューオーリンズ描写が、『ニューオーリンズ・スケッチズ』（*New Orleans Sketches*）における妖艶で頽廃的な「高級娼婦」のイメージから『パイロン』（*Pylon*）では「不毛性」の強調へ変わったことを指摘し、その後舞台をオクスフォードに定着させたフォークナーが、オクスフォードという「中心」の輪郭を明確にするための「周辺」としてニューオーリンズを意識していたことを『アブサロム、アブサロム！』に基づいて分析する。第六章（阪口）は民族学資料の小説家的提示『騾馬とひと』（*Mules and Men*）をとりあげ、フロリダ州のイートンヴィルとポーク・カウンティを経てルイジアナ州ニューオーリンズへ来るまでのハーストンの軌跡が、彼女の成長の軌跡であり、ニューオーリンズにおけるブードゥーとの出会いが彼女にとって女性のもつ力の確認になったと結論づける。ニューオーリンズに来たことが人生の転機になったという点は、ウィリアムズの場合にも言える。第七章（貴志）はフレンチ・クオーターのボヘミアニズムによってゲイに目覚め、冷徹な劇作家に成長してゆくウィリアムズ自身の姿を『ヴィユ・カレ』（*Vieux Carré*）からまず提示する。その上で、フレンチ・クオーターからわずかに束にそれたエリジャン・フィールズを舞台とする『欲望という名の電車』では、新興市民勢力を代表するスタンリーがアウトキャストのブランチを糾弾するさまが描かれ、『この夏突然に』（*Suddenly Last Summer*）でもガーデン・ディストリクトが同性愛を許容しない抑圧と体面の象徴として描かれていることを示し、ニューオーリンズの二元性を明らかにする。

八章と九章は時代区分では一番新しいあたりに焦点を当てている。第八章（山田）はニューオーリンズの黒人コミュニティとその文化をテーマとする黒人詩人たちに脚光を当て、ニューオーリンズはアメリカというよりカリブ、アフリカにより近いというトム・デントの視座を紹介する。第九章（丸山）はそうしたニューオーリンズの「他者」性にゴシック小説の生まれる必然性、すなわち「理性と啓蒙の国が捨て去りたいものを引き受ける世界」を見る。さらにアン・ライスの描くヴァンパイア物語に、作者の個人的な自己解放のドラマを読み、ヴァンパイア・ジャンルの新境地を説き明かす。

こうした考察の結果を一堂に集めてみると、これらの小説、詩、戯曲自体がニューオーリンズのオーラの継承と存続に、さらにそれを新たに創出するのに一役買っていること――文化と文学の相互作用――が確認されよう。取り上げて然るべき作家も、然るべきテーマも、まだまだある。と言うより、汲めども尽きせぬニューオーリンズのオーラの濃さを実感したと言う方が適切かもしれない。本書に接して、ニューオーリンズへ行ってじかにオーラに触れ、その正体を自ら考えてみたいと読者に思ってもらえれば、執筆者たちは伝達に成功したことになるだろう。

注

（1） 商業中心地区が浸水しないよう、工業用運河を開いて、水が第九区に流れ込むように謀ったという見方もある。Violet Harrington Bryan, *The Myth of New Orleans in Literature* (Knoxville : The University of Tennessee Press, 1993), 136.

（2） f. m. c., f. w. c.=free man of color, free woman of color.
h. c. l., f. c. l.=homme de couleur libre, femme de couleur libre.

（3） Jim Haskins, *Voodoo & Hoodoo* (Chelsea, MI : Scarborough House Publishers, 1990, [1978]), 59.
なお、この「聖人」像を収めた枠箱がイタリアからニューオーリンズに送られてきた時、箱の表面に “Expedite”（急送）と記されていたところにこの名が由来するとする説もある。W. Kenneth Holditch, “Another Kind of Confederacy : John Kennedy Toole,” *Literary New Orleans in the Modern World* ed. by Richard S. Kennedy. (Louisiana State University Press, 1998), 119.

（4） ウイリアム・Z・フォスター、『黒人の歴史――アメリカ史のなかのニグロ人民』（貫名美隆訳、大月書店、一九七〇年）、六八頁。

（5） 『グランディシム一族』（杉山・里内訳、彩流社、一九九九年）につけられた里内克巳氏による「政治小説としての『グランディシム一族』――「ブラ・クペの物語」を読み解く」はまさにこの問題に焦点を絞った読みごたえある解説である。

（6） 再建期以後には『アイテム』（*Item*）『ピカユーン』（*The Times-Picayune*）など、文学に深い関心を見せる紙誌が出る。

（7） 『ミシシッピー河上の生活』第二十一章、一八八〇年代のセントルイスにおける河岸の状況に関する表現。

（8） Lewis P. Simpson, "New Orleans as a Literary Center: Some Problems," *Literary New Orleans* ed. by Richard S. Kennedy, 80-82.

（9） Gloria T.Hull ed., *The Works of Alice Dunbar-Nelson* (Oxford UP, 1988) Gloria T. Hull ed., *Give Us Each Day: The Diary of Alice Dunbar-Nelson* (W. W. Norton, 1984), etc.

（10） W. Kenneth Holditch, "Latter-Day Creoles: A New Age of New Orleans Literature," *Literary New Orleans in the Modern World* においては、ヴァンパイア小説の大御所アン・ライスを筆頭に、ゴシック小説のヴァレリー・マーティン（Valerie Martin）、推理小説のジュリー・スミス（Julie Smith）、クリス・ウィルツ（Chris Wiltz）、ジェイムズ・リー・バーク（Jamas Lee Burke）など多数の名が挙がっている。

第一章　ジョージ・ワシントン・ケイブル

ニューオーリンズの光と影
――ジョージ・ワシントン・ケイブルと二つの時代

杉山直人

ニューオーリンズとケイブルの生い立ち

練兵場公園〔訳注　現ジャクソン広場〕にふたたび陽が落ちてゆく。楽しげな広場の地面に大聖堂と庁舎の影がまたもはすかいに射し、落ち着いたスペイン風の物腰をした町の洒落者《しゃれ》や美人がふたたびぼんやりと腰掛け、立ち上がっては古い柳の間や白い歩道を行きつ戻りつしている。子供たちもふたたび芝生で遊んでいる。アグリコラをしのんで黒い服を着た子も見つかろう。河がいっそう悠然として、対岸がより近くに見えてさらなる緑に染まっているのも目に入ろう。物憂げな夏がこの魅力的な土地の抱擁から離れたくないと思っている証拠が他にもたくさんある。

練兵場公園（現ジャクソン広場）

眠ったように静かな鳥。いたるところで開いたり閉じたり、また開いてはゆっくり羽ばたくような扇。（この小さな道具が広がる光景ときたら、まことに天使が羽根を開くのにそっくりである！）しょっちゅう引っ張り出されるハンカチ。夏服の薄青い涼しげな色。頭上を旋回してさえずったり、視界をさっと横切っていくツバメ。大儀そうにゆっくりと動く手足。横腹から湯気を立てくつわに泡吹く馬たち。耳をつんざく蟬の泣き声。踊る蝶。犬は芝生に寝そべって主人を見上げながら顎をねばつかせては舌を垂れる。大気は花売り商人たちの売り物で甘く匂う。

　波止場通りにはたくさんの馬勒《ばろく》や鞍や鞭や二輪馬車や四輪馬車――なんと楽しい光景が行き交うことか！……（『グランディシム一族』第六十章、杉山、里内改訳）

まったく同じというわけにはゆくまい。だが今は内外の観光客でごったがえすジャクソン広場周辺で、十九世紀初頭、晩夏になると右で語られたような光景が夕暮れには毎日のように見られただろう。眼前に広がるミシシッピー河の展望を遮るのは騒音と排気ガスをまき散らす乗用車と観光バスではない。そうではなくて軽やかな蹄《ひづめ》の音を残して遠ざかってゆく馬車しかなかった時代である。二百年前のニューオーリンズとそのシンボル、ジャクソン広場がかもしだす雰囲気が、人々の動作が見事に活写されていて何度読んでも飽きない。深南部のあの暑さに汗ばむカップルや動物の息づかいが今にも聞こえてくる。匂ってくる。けだるげな彼らの表情までも目に浮かびそうである。息吹あふれるいにしえの一瞬を切りとり、時空を越えて後世に語り継ぐ言葉の力。ケイブル（George Washington Cable, 1844–1925）の筆にかかると誇り高いクレオールたちが主人公として闊歩したこの町の雰囲気がまとわりつくように伝わってくる。クレオール文化が花咲いた、いにしえのニューオーリンズをケイブルは愛し熟知していた。

一八四四年に生まれたケイブルは一八八五年に東部マサチューセッツ州ノーサンプトンに引っ越すまで、この町で育ち暮らした。生家は町の西方周辺部にあった。広々とした芝生のなかに建ち、タイザンボクやヴァージニア・カシ、オレンジやイチジクの木々に囲まれ南国の雰囲気に包まれていたという。東にミシシッピー河をのぞむ当時の新興住宅地で、裕福な商人や弁護士、医者などが暮らした地区である。

彼は次男だった。同名の父ジョージはヴァージニア人、母レベッカはインディアナの生まれ。二人は結婚後数年してインディアナを離れ、一八三七年にニューオーリンズにやってきた。ミシシッピー河を行き交う川船に食料雑貨を供給したり、不動産や蒸気船への投資で父は成功を収めた。一時は奴隷を八人も抱えるほど羽振りがよかったという。しかし五〇年代に入ると失敗や不運が相次いで零落、一家離散の時期もあった。幼少の頃はとにかく、作家ケイブルは少年時代以降こうして必ずしも順風満帆の暮らしぶりではなかった。

南北戦争とケイブル

ジョージ・ワシントン・ケイブル

南北戦争がきた――南部作家を考えるときは避けて通れないトピックである。焦点を奴隷制や黒人との関係に絞ろう。この戦争前後に深南部で育ったケイブルは、当然ながらしばらくは「正統的南部人」だった。つまり基本的に奴隷制支持だったし、南部の大義のために働きもした。南軍義勇兵部隊に参加しながら、二週間ほどで逃げ出したマーク・トウェイン（Mark Twain, 1835–1910）が彼一流の（健全なと言うべきか）チャランポランぶりを発揮したとするとケイブルはおそらく生真面目すぎた。一時期とはいえ、のちに親交を深めることになるトウエインの逃げ腰とは対照的に、ケイブルはニューオーリンズが一八六二年に北軍の軍門に下ったのち、占領軍の命にしたがって故郷を家族とともに離れ、当時まだ南軍支配下のミシシッピー州西部に移ると、南部連邦の敗色が次第に明らかになりつつあった一八六三年になってから南軍に馳せ参じた。騎兵部隊配属後は転戦中に負傷した武勇伝までもつ、血気盛んな若き愛国者だった。自らの信念には頑固なまでに律儀だったのである。

だが敗戦後の混乱のなか、愛する南部が直面する困難に思いを馳せるうち、ケイブルは除々に人種問題について「正統的南部人」とは袂《たもと》を分かつようになる。「米国政府のもとで与えられる国民の権利と利益を、黒人たちが白人と同じように分かちあい享受する日が来なければならない」と信じるようになってゆく。おりしもニューオーリンズでは一八七五年に群衆が白人黒人共学女子高校に押しかけ、少しでも黒人の血が混じっていると思われた生徒を追放するという事件が起きた。共学に反対する集会が開かれたのである。このときケイブルは黒人問題について公に発言し、共学を支持するとともに有資格の黒人教員が生徒を教えることにも理解を示す手紙を地元新聞に発表した。新聞編集者はこうしたケイブルに強く反発し、「二つの人種が平和的に共存できる唯一の条件は優れた人種が支配し劣った人種が従う」ことであり、「アメリカの白人少年少女はニグロが自分たちより劣っている事実を忘れて欲しくない」と言った。ケイブルは反論をしたためたが、二つの新聞から掲載を拒否されている。作家の経歴を振り返ると、このエピソードは黒人の地位をめぐる発言が原因となってニューオーリンズからケイブルが放逐されてゆく序曲となった(1)。

南部とニューオーリンズへの愛情にかけては、ケイブルはどの南部作家にも負けまい。だが多くの南部作家同様、ふるさとへの愛情はケイブルの場合も屈折せざるをえない。クレオールが残したエキゾティックな文化がかぐわしく匂う一方で、ニューオーリンズは人種をめぐる陰湿な差別が横行した町、光と影を同時に抱え込んだ町だったからである。以下、ケイブルの描くこの町の二つの姿を考えてみよう。

十九世紀初頭の「国際都市」

ケイブルの作品に登場するクレオールが社会の主役たりえた時代は一八〇〇年頃から一八三〇年代までである。ルイジアナ割譲時代を描いた彼の代表作『グランディシム一族』(*The Grandissimes*, 1880)(杉山直人、里内克巳訳、彩流社、一九九九年)を読むと、いまは百科事典にしか載っていないクレオールの指導者が姿を見せ、彼らがどんな服装で、どんな言葉を喋り、どう暮らしていたかがわかる。現代の読者ばかりか、一世紀前の読者も『グランディシム一族』を読むことでアメリカ化される前のクレオール・ニューオーリンズを満喫できたはずである。クレオールの喋るフランス語なまりの英語を書き、彼らの口調を真似るのはケイブルの十八番《おはこ》だった。一八八四―八五年にかけてマーク・トウェインと朗読旅行をしたときも大いに聴衆を楽しませたという。だからケイブルの作品は異国情緒あふれる歴史書的観光案内として、まず読むことができる。クレオールの文化風俗紹介である。

ただし、ニューオーリンズの揺籃期は直接には登場しない。フランス政府の命をうけた探検家イベルヴィルや弟ビアンヴィル（共に Charles le Moyne, Sieur de Longueuil の息子たち。Longueuil はセント・ローレンス川に面したカナダ・ケベック州の町）がルイジアナやミシシッピーに植民し、ニューオーリンズ建設に着手した十七世紀末から十八世紀初頭は、読者の便宜を図るため参考程度の紹介にとどまる。ニューオーリンズがクレオールの都として成長し、やがて南部でも指折りの町となっていった十九世紀最初の四半世紀こそが、なんといってもこの町のかぐわしい魅力を描き出す、ケイブルの筆がさえる時代である。

十九世紀初頭、ニューオーリンズの人口は白人が四千人から八千人、奴隷二千七百人、自由黒人が千三百人、合計最大でも一万四千人足らずだったという。(2) ただし南部では例外的に大きかった。鉄道がなく水運に頼った時代だったから、ミシシッピー河口に位置する地の利を発揮して西部への物資補給基地として繁栄した。南西部に綿の栽培地が広がってゆき大量の奴隷が必要となった時代だったから奴隷貿易も盛んで、一時はニューヨークと覇を競うほどのアメリカ有数の貿易港だったという。西欧各国から人々が集まってくるエキゾティックな国際都市でもあった。

ケイブルを一躍有名にした出世作『いにしえのクレオール時代』(*Old Creole Days*, 1879) を読むと、クレオールばかりかニューオーリンズに足を踏み入れた雑多な人種に属する人たちがクレオールと交わる姿が楽しめる。変化に富んだ両者の暮らしぶりは、はやりの言葉を使えば多元的異文化交流である。残念ながら邦訳はないようだ。

『いにしえのクレオール時代』には、トランク一杯になるほど宝くじを買いあさったのちも、一攫千金の夢をそれでも捨てきれず残りわずかな時間で人生を挽回しようとするヤンキーの老人(「ムッシュ・ジョルジュ」"Sieur George")、犯罪や亡命など、さまざまな理由でサント・ドミンゴやキューバ、マルティニークを後にした男達の恋のさやあてと悪巧み(「亡命者のカフェ」"Café des Exilés")、フロリダからやってきた聖公会司祭と黒人従者の愉快な冒険(「ジョーンズ司祭」"Poson Jone")、フランス貴族と、彼の腹違いの兄弟で先住民チョクトーの血が流れる老人との絆(「ベル・ドゥモアゼルの荘園」"Belles Demoiselles Plantation")などが描きだされている。脇役で登場するスペイン人、ポルトガル人、メキシコ人などを加えると、登場する人種は十を越えよう。酒、三角関係と恋のさやあて、カジノと博打《ばくち》に歓楽街、それに極めつけは、そのいかがわしさで世界に悪名を馳せることとなった愛人むき混血女性を品定めする舞踏会など――ニューオーリンズの絢爛たる都市文化がもつ包容力、鷹揚さ、そして、ときにエロティックなまでに男心をくすぐる爛熟した官能性が楽しめる。

また忘れてならないのは、滅びゆく文化への哀惜という南部小説おなじみのモチーフである。ケイブルが作品を発表しだした一八八〇年頃にはクレオールは少数派に転落し力を失っていた。彼らがニューオーリンズの表舞台から姿を消す姿も『いにしえのクレオール時代』には書き込んである。ライ病にかかった弟を密かに数十年も介護しながらも世間に理解されず、やがて化け物扱いされて石を投げられ、その傷のために死んでゆくクレオールの老人（「ジャナ・ポクラン」"Jean-ah Poquelin"）、平和主義者の息子と、名誉のためなら決闘も辞さないクレオールの父との葛藤（「マダム・デリシューズ」"Madame Délicieuse"）――フォークナー（William Faulkner, 1897-1962）の「エミリーのバラ」（"A Rose for Emily", 1930）や『征服されざる人々』（*The Unvanquished*, 1938）を髣髴させる。「血」と「名誉」にたいするクレオールのこだわりはサートリス家やコンプソン家の連中と変わりない。

十九世紀後半の深南部

クレオールを中心に多彩な人々の交流がみられた十九世紀初頭はこうして魅力的ではある。だが、この時代はケイブルの世界では実は仮面でしかない。仮面の裏にはもう一つの時代、一八八〇年代の深南部が潜んでいる。この時代はジム・クロウ体制（人種分離体制）が徐々に構築されつつあった時代である。高名な歴史家ウッドワードのいう「抑圧と硬直した画一の時代」への序盤だった。

南北戦争終結後しばらく、白人と黒人の間には流動的で柔軟な関係が存在したとウッドワードは言う(3)。だが連邦政府が人種問題緩和への熱意をなくし、南部の実権を旧支配層が取り戻すにつれ、南部は急速に白人優位の社会体制を固める。差別とリンチが横行する「恐ろしい後進地域」となってゆく。こうした社会状況は公民権運動が力を持ち、南部変革が急速に進行する一九六〇年頃まで続く。ケイブルが主要作品を執筆した時期は、そうした十九世紀末から二十世紀前半にかけての暗い南部の基礎固めが行われつつあった時代だった。さきほど紹介した一八七五年の白人黒人共学問題をめぐるエピソードだけでも理解できよう。

さまざまな人種が交流する華やかで鷹揚な国際都市であると同時に、有色人種に対する深南部的閉鎖性をも兼ね備えたニューオーリンズの姿を見るにつけ、作家の眼差しは複眼的にならざるを得ない。郷土愛に促されて過去から現在へのふるさととの歩みを見つめるなかで、単にクレオール文化礼賛ではすまされない現実の深南部の恥部をケイブルは凝視する。ふるさとが持つ矛盾する性格をどのように作品のなかに織り込むか、工夫をこらす。

二つの時代の構造

古い時代と新しい時代は生卵のようにケイブルのニューオーリンズを形づくる。外側には十九世紀初頭のクレオール時代という殻があり、この殻が一八八〇年頃の深南部という黄みや白みを覆い包んでいる。一見したところ、この殻は堅固に見える。というのも小説の基本である時間と場所が厳密に具体性を備えているから。『グランディシム一族』の冒頭を紹介しよう。

一八〇三年九月、いまはニューオーリンズと呼んでいる町にある聖フィリップ劇場（平土間一面に仮のダンスフロアがしいてあった）でのこと。おびただしいキャンドルがきらめき、バイオリンのむせぶような恍惚にあたりが震えて、かぐわしい香りがたちこめるなか、クレオールのさやかな首都に住む、もっとも誇り高く、やんごとなき人びとが物憂げに夏が去りはじめて涼しくなった最初の夜を聖なる舞踏の女神テルプシコールに捧げていた。（中略）というわけで繰り返せば、これはもっとも古い最初の劇場たる聖フィリップ劇場でのことで、お気づきになったかも知れないが、フランスの第一統領たるナポレオンがルイジアナを手放した年だった。（『グランディシム一族』第一章、杉山、里内訳）

他の短編も同じような始まり方をするものが多い。時間と場所の大枠が明快。だからさっと読むと『グランディシム一族』は十九世紀初頭の話だと騙されてしまう。ただしアメリカの歴史を考えながら作品を読むと、この十九世紀初頭という時期はいささか怪しくなる。具体例を挙げよう。『グランディシム一族』のなかでフラウエンフェルドとオノレはクレオールの封建体制や奴隷制の弊害について議論する。奴隷制のおかげで農業の発展が阻害されてクレオールは世界の趨勢に後れをとっている、というのである。ところがルイジアナ購入があった一八〇三年頃といえば東部でも奴隷制の弊害は真剣には論じられてはいなかった。奴隷制がアメリカ世論を二分して問題化するのは一八三〇年代以降のことである。南部を震撼させたナット・ターナーの反乱も三一年に起きた。つまり一八〇三年という時代設定はあっても、二人の議論の対象である南部は実際にはそれより後の南部、特に南北戦争後の南部だと考えてもおかしくない。実際、一八〇三年クレオール世界にヤンキーがやってきて政権を牛耳るという構図は、それから半世紀以上経た南北戦争終結ののち、南部で一旗あげようと流れ込んできた北部からの「カーペット・バガー」（南北戦争後、共和党南部州政府のもとで利権をあさった北部からの渡り政治家などをさす）と重なりあう、と示唆する批評家もいる(4)。そうした考えはおそらく正しいだろう。十九世紀初頭という衣の下に南北戦争後の南部が透かし見えてくるという構図である。

一般読者は気づかないかもしれない。だが、玄人《くろうと》のなかにはこのあたりを見抜いた人もいた。ラフカディオ・ハーン（Lafcadio Hearn, 1850-1904）もその一人だった。『グランディシム一族』の書評のなかで、ハーンは作品の価値を認めながらも社会問題に対するオノレの意見が当時のクレオールにふさわしいとは思えないと言う。ルイジアナ購入の時代にオノレのような進歩的な人物がクレオールに見つかっただろうか、といぶかしがる。

（このロマンスの価値は認めるが）もしも承知できずに批判したくなるようなものが何かあるとすれば、オノレ・グランディシムの実在性に疑問を呈することだけだろう。あの時代に暮らしていたクレオールたちのなかで、社会問題に対してああした考えを抱いたクレオールが果たしていただろうか？(5)

ハーンの言葉でもわかるように、ニューオーリンズの風物ではなく、社会、政治、とりわけ人種問題が表に出たとたん、殻を破って新しい時代の澱《おり》が、どろどろした卵の中身が飛び出す。見方を変えると、エキゾティックな十九世紀初頭のクレオールの殻は深刻さを増してゆく人種問題をめぐるケイブルの急進的主張を安定させる解毒剤である。この解毒作用のおかげで、殻と中身はあやういバランスを保ちながらニューオーリンズという卵全体を成立させることができる。

「ティトゥ・プレット」と「マダム・デルフィン」

『いにしえのクレオール時代』のなかで二つの時代を作家がどのように処理したか、「ティトゥ・プレット」（"Tite Poulette", 1874）と「マダム・デルフィン」（"Madame Delphine", 1881）を俎上にのせよう。さきほど紹介したように、この短編集には雑多な人種の人たちが登場するが、角度を絞り込んでクレオールとさまざまな非白人との関係に注目する。するとそこには、一方に由緒正しき誇り高いクレオールがいて、対極には社会的にめぐまれない混血の人々や黒人が配置されている。こうした設定を済ませたのち、作家は十九世紀初頭のニューオーリンズをバックに再建期以降の南部を、自らの体験と思想をクレオール時代に投影してゆく。

二つの短編はともに黒人の血が混じった娘が純然たる白人と結婚するときの母親の思いや対応をテーマにしている。周囲には白人と映るのに、自分の体に流れるかも知れない黒人の血に苦悩するチャールズ・ボンやジョー・クリスマス（それぞれフォークナーの代表作『アブサロム、アブサロム！』（*Absalom, Absalom!*, 1936）と『八月の光』（*Light in August*, 1932）の主人公）とおなじで、ケイブルの二人の娘も外観は白人そのもの。マグノーリア（タイザンボク）のように白かったり、黒人の血が八分の一入ったオクトルーンであっても、これまた白人に見える。

外観が白人の娘が、白人男性と結婚することがなぜ問題なのか。もちろん社会的に認められなかったからである。深南部の多くの州では南北戦争直後に奴隷法に代わってブラックコード（黒人取締まり法）が法制化された。法律によって白人と非白人との結婚は禁止され、両者の結婚はれっきとした犯罪、それも一生投獄される可能性をはらんだ大罪だった(6)。

連邦軍が南部に進駐してからは、さすがにブラックコードは効力を弱める。だが先に触れたように、ケイブルが作家活動をはじめた頃にはブラックコードに代わって今度はジム・クロウ法が姿をみせる。

最近のバーバラ・ラッドの研究によれば、ルイジアナ州は一八九二年に人種区分を南北戦争前よりはるかに厳しくした法律をつくったという。州の調査で黒人の血が流れる先祖を持つことがわかった人はすべて黒人扱いとなった。南北戦争以前はどうだったかというと、南部の多くの州でも四分の一以下の黒人の血しか持たない人は、少なくとも法的には白人扱いだった、という。しかし再建期以後、南北戦争以前よりも強固な白人優位体制が根付いてしまった。白人と非白人、特に黒人との交わりをタブーとする土壌ができあがった。(7)

二つの短編のなかでも異人種間結婚を認めない法律や慣習への批判的言及がある。ただし、批判のトーンと批判をどう作品のなかに収めるかについては違いがあり、一八七四年の「ティトゥ・プレット」より七年後に発表された「マダム・デルフィン」のほうが批判のトーンは強い。その「マダム・デルフィン」執筆の直接のきっかけは、「ティトゥ・プレット」を読んだ一人のクアドルーン女性が送ってきた一通の手紙だった。

私はもう一度手紙を読み通した。その人は「ティトゥ・プレット」を読み終えたところです、と手紙に書いていた。ほろりとする言葉で物語の礼が書いてあった。「でも、あの終わり方はほんとうの真実とは言えませんわ」と手紙は語った。手元に手紙がないので一語ずつ紹介はできないが、手紙の調子と趣旨は手紙がなくても正確に思いだせる。「私たち哀れなクアドルーンの忍びがたい境遇に精魂を傾けてくださるなら、あの物語をそのうちでいいから変えてくださいい、そして一番深い真実を語ってください。マダム・ジョンは嘘をつきました！　あの娘は彼女のほんとうの娘です、でもきっとご存じでしょうが、数多いたくさんのクアドルーンの母とおなじで、マダム・ジョンは自分の魂を偽っても子供のために娘が自分で選んだ恋人、生涯の伴侶と合法的に立派に結ばれるようにしたのです。」

「どんな風にお答えになります」妻がふたたび尋ねた。「その答えをどこに送りましょうか。」

「別の話を書いて答えにするさ」そう私は答えると、翌日この話「マダム・デルフィン」を書きはじめた。「ティトゥ・プレット」よりもうまくできている、私には確信がある、「マダム・デルフィン」の欠点がなんであれ、そのいくつかを自分でもよく分かってもいるが、この作品を書いたのをいつも嬉しく感じると思う。(8)

手紙にみえる「ティトゥ・プレット」の終わり方とは次のごとし。相思相愛のオランダ青年から求婚されたティトゥ・プレットは、彼との結婚が「法律違反」になるとして断ろうとする。すると母（マダム・ジョン）は娘に、あなたは自分の子ではなくてニューオーリンズに来てすぐ黄熱病で亡くなったスペイン人夫婦の娘なのだ、といって偽証明書を見せる。物語はそこで終わる――娘の幸せのために母が自己犠牲となり親子のつながりを捨てる。自らは身を引き社会の枠組みを守ることで、娘が愛する白人男性と結婚できるようにしてやる。我が子を思う母の愛はなるほどこのようなものだとも言えるが、ただし、これでは社会の理不尽さにたいしては受け身で消極的という印象を免れまい。

対照的に「マダム・デルフィン」はブラックコードをめぐり大胆な展開をみせる。つまりマダム・デルフィンをとりまく神父も神父の義兄である医者も弁護士も暗黙のうちに結託して、彼女の混血の娘と白人男性を結婚させる。しかも花婿になる男性は実はかつてカリブ海で海賊行為を働いていた。いまはニューオーリンズで銀行家に収まっていて、いわば「前科者」という設定である。これではまるで反社会的行為を礼賛しているようにみえる。けれども、こうした設定は作品のメッセージを引き立てることを主たる目的とする。つまり、混血であるがために不利な立場に置かれた人たちへの共感と社会正義を求める彼らの訴えを、より有効なものにしようという狙いである。会衆のなかにいる混血母子の救いを求めるような眼差しを感じた神父は、ブラックコード（あるいはジム・クロウ法でも実体は同じこと）が支配するニューオーリンズ社会への抗議を説教のなかに込める。それは婉曲だが抗議であることに変わりはない。

「友人がた、「なかれ」をすり消した神の十戒を社会が与えてしまった人たちがこのニューオーリンズの町には数多くいます。ああ、紳士諸君、正道をはずれたからと神があわれなその意志薄弱者たちを煉獄に送られるとすれば、あなたがたのなかでその正道にイバラや邪魔物をばらま

いた人たちはどこに行くべきでありましょう！」（「マダム・デルフィン」第五章）

「マダム・デルフィン」は一八二二年の物語と明言されている（第二章）。けれど、神父がいうニューオーリンズ社会はクレオールが主（あるじ）だった過去の社会だけではない。むしろケイブルに手紙を送ったクアドルーンが実際に生きた一八八〇―九〇年代のニューオーリンズである。二つのニューオーリンズは切り離されるのではなく、いつのまにか「血」や人種の問題を通して重なりあうように仕組まれている。

創作動機をめぐる作家の説明は鵜呑みにはできない。ただし、二つの作品の終わり方を比べると、混血の一女性読者からきた匿名の手紙の訴えが「マダム・デルフィン」でそのまま反映されていることがわかる。単に手紙の訴えを受け入れたというより、むしろ読者の訴えを利用して、作家自らが白人の心を縛り付けているブラックコードへの反逆姿勢を明快化したのである。

ケイブルの愛と正義

時間的には半世紀以上隔たった二つのニューオーリンズを重ねて描くことでケイブルは、人種間の融和、また社会的に不利な立場に置かれた人たちへの白人側の理解と反省を訴えた。そうした機運がニューオーリンズの多数派を占める恵まれた白人の間に生まれれば、結果としてキリスト教の愛にのっとった正義と公平が実現する。それこそが神父の説教の延長線上に存在する作家の理想である。

ケイブルの作品には異母兄弟をめぐる財産相続の話がよく出てくる。それも、両親がともにクレオールである御曹司とクレオール以外の非白人の母から生まれた混血の兄弟か、または混血の親戚縁者がからんだ財産相続である。

ヌマ・グランディシム（『グランディシム一族』）は二人の息子のうちで混血の兄に手厚く財産を分与する。兄の母で黒人の血が混じった最初の妻を自分が裏切ったからである。クアドルーンの妻に財産を残してやったアメリカ人の夫が登場するのは「マダム・デルフィン」。「ベル・ドゥモアゼルの荘園」は、同じように高貴なフランス貴族の血を受けながらも、母方から先住民チョクトーの血が入ったために恵まれない立場にあるチャーリーへのド・シャルル伯爵のフェアな行動を描く。ミシシッピー河に陥没寸前の自分の屋敷を、チャーリーの家と交換してしまおうと画策した伯爵は、一度は成功しそうになる。だが自らの狡さを伯爵は恥じる。遂には屋敷も美しい七人の娘もすべてを失った伯爵を、チャーリーは騙されそうになったにもかかわらず同じクレオールの誇り高い血を引く「兄弟」として看取る。人種と血にとらわれず、クレオールの名誉を愛と正義によって守ろうとした人たちの姿に作家は新しい南部のあるべき姿を託そうとした。作家のキリスト教的理想主義を感じさせる作品である。

一八八五年、南部ばかりかアメリカ社会で黒人をどう位置付けるかをめぐる論争を、ケイブルは有力ジャーナリストH・W・グレイディとたたかわせた。グレイディは北部資本を南部に積極的に導入することで南部工業化を推進し、南部に繁栄をもたらそうと主張した人物だった――奴隷制とプランテーション経営を柱とする旧南部にとってかわる「新南部」である。白人と対等たる「アメリカ市民」としての権利と地位を南部社会でも黒人に認めよと主張したケイブルに対し、新南部建設提唱のチャンピオンであるグレイディは、そんなことをすれば白人と黒人の混血がふえると強く反対した。圧倒的多数の南部白人はグレイディを支持。この論争が直接の引き金となりケイブルはニューイングランドに越した。以後何度もニューオーリンズを訪れはしたが、一九二五年に死去するまで彼の東部暮らしはつづく。愛することでは誰にも負けなかったニューオーリンズと南部は、ケイブルにとってもはや心のふるさとでしかなかった。根っこを失った彼は東部では目立った作品も書りないまま忘られていった。

＊　＊　＊

人種をめぐるケイブルの主張は今の我々からすればなにも目新しくはない。ただしジム・クロウ時代に突入する直前に白人作家がそうした意見を作品のなかで、クレオール世界の紹介という「仮面」を通して繰り広げたところにケイブルの功績があろう。逆に言うと、当時の南部で白人側に不利になるような人種をめぐる発言はたいそうむずかしい、勇気のいる仕事だったということになる。

（本稿は第四十四回日本アメリカ文学会関西支部大会シンポジウムでの発表、および紀要類掲載済み原稿を再構成して加筆補正したものである）

注

（1）Arlin Turner, *George Washington Cable: A Biography* (Baton Rouge: LSU Press, 1966), 74-77.

（2）*Encyclopedia Britannica* による。

（3）C・V・ウッドワード著、清水　博他訳『アメリカ人種差別の歴史』（福村出版、一九九八年）、第二章「忘れられた別の選択の可能性」参照。

（4）John Cleman, *George Washington Cable Revisited* (New York: Twayne Publishers, 1996), 61-62.

（5）Turner, *Critical Essays on George W. Cable* (Boston: G. K. Hall, 1980), 9.

（6）異人種間結婚をめぐるミシシッピー州のブラックコード（一八六五年）を下に紹介する。

一　ミシシッピー州に於ける解放奴隷の市民権　第三条　現在、もしくはこれまで夫婦として生活を共にしてきたすべての解放奴隷、自由黒人、混血者は法律上合法的な婚姻と見なされる。解放奴隷、自由黒人、混血者と白人との異人種間婚姻は重罪と見なされ、それをおこなった者は解放奴隷、自由黒人、混血者、白人いずれもが州刑務所に終身監禁されねばならない。（以下省略）（大下尚一他編『史料が語るアメリカ　1584—1988』有斐閣、一九八九年）、一一一頁。

（7）Barbara Ladd, *Nationalism and the Color Line in George Washington Cable, Mark Twain, and William Faulkner* (Baton Rouge: LSU Press, 1996), 117-118.

（8）Turner, *Critical Essays on George W. Cable*, 104-105.

第二章　ラフカディオ・ハーン

ラフカディオ・ハーンの放浪と遍歴
――ルイジアナがその人生の半ばで負った意味

西　成彦

一人の巡礼者

ラフカディオ・ハーン（Lafcadio Hearn, 1850–1904）の一生は、単に十九世紀ヨーロッパ人の放浪の生涯として波瀾に富んでいただけではない。それは、地球各地に育くまれた個性的な伝統文化が均質な近代化とグローバリゼーションの潮流に巻きこまれ、呑みこまれ、結果として判で捺したような相似系の文化へと置き換わっていく現場に、その行く先々で遭遇し、そうやって遭遇してはそのたびごとに涙するという、言ってみれば多感な巡礼者の一生だったのである。

生誕の地、イオニア群島のレフカダは、長い間オスマン帝国の一部であったのが、ギリシヤ独立戦争の後、暫定的に英国海軍の保護下に置かれていた。ハーンが二歳で島を離れて後、群島一帯は徐々に「ギリシア化」の波にさらされることになるが、ハーンの母（ローザ）は近代的な意味での「ギリシア人」ではなかった。ヴェネツィアをはじめとするイタリア諸都市との繋がりが深かった一帯では、いまでもイタリア語と近代ギリシア語が併用されているが、百五十年前はましてそうだった。しかも、近代教育の恩恵に浴する機会さえなかった彼女は、文字教養を持たない、いわゆる「文盲」だった。

父方の親類縁者が住むアイルランドに渡った後、彼は英語を習得するが、その少年時代は、英国植民地統治の拠点であったダブリンと、後にケルト文化再発見の地となるアイルランド西部を往復するという越境的移動の中で過ごすことになった。後にW・B・イェイツ（William Butler Yeats, 1865-1939）が島で口承伝統の精力的な収集を進め、その成果を公表するようになった頃、ハーンはすでに極東の地にあり、自らが生きたままのアイルランドをその文学的結晶の中に再発見することになる。(1)

また、一八八七年から八八年にかけて滞在したフランス領マルティニークでは、奴隷制時代のプランテーション文化が奴隷解放後の混乱に満ちた都市文化との間に断層を見せはじめる現実を至近距離から観察する。『フランス領西インドの二年間』（*Two Years in the French West Indies*, 1890）は英語で書かれてはいるが、精度の高いルポルタージュとしてフランス語圏でも評価が高い。しかし、マルティニークを舞台にして描いた小説『ユーマ』（*Youma*, 1890）において、ハーンは同時代ではなく、奴隷解放前夜に時代を溯って設定した。奴隷解放が元奴隷たちのロマンティックな欲望を昂ぶらせる一個の理念であった歴史の転機にこそ、彼は平板化する近代の日常を退ける不変不朽のドラマを見出したからである。

そして、極東での晩年は「古き日本」が文明開化と軍国主義の猛威に屈しようとする時代のまさしく証人として生きた十四年であった。『怪談』(*Kwaidan*, 1904) の「むじな」("Mujina") が巷に広まる「怪談」そのものとしてではなく、文明開化以前の日本を回顧する「昔話」として、あくまで懐古的に再話されたあたりにも、その反近代的の精神は、はっきりとあらわれている(2)。

実は、ハーンのニューオーリンズ時代を考える場合にも同様のことが言える。ハーンがオハイオ州シンシナティからルイジアナ州ニューオーリンズへと生活圏を移した一八七七年は、ちょうど南部諸州における軍事占領が終息する時期に相当した。これは北部的なアメリカニズムが「旧南部」に一定の段階まで根を下ろし、文字通り「新南部《ニュー・サウス》」が確立する時期であったということで、英語新聞の新聞記者であったハーンは、ある意味ではアングロ・サクソン的なマスカルチャーの先兵としての役割を果たしたと言える。

フランス領時代、その後のスペイン領時代に培われ、合衆国への併合以降も旧体制を維持し続けていたルイジアナの「クレオール社会」が、南北戦争期やその後の軍事占領期を経て、その経済的基盤を失いつつあった時期にこそ、ハーンはニューオーリンズの「客」となった。クレオール文化に魅せられ、そのとりこになったハーンは、あくまで「余所者《よそもの》」として、クレオール文化の標本化・剝製化にたずさわったのである。『クレオール小品集』(*Creole Sketches*, 1924)として死後にまとめられる一八八〇年前後の新聞記事を見るかぎり、ハーンは合衆国の他のどこにも見出すことのできないこの町の「魅力《チャーム》」を、失われゆくものの魅力として描いている。それは哀悼と喪の感情とともに描かれた文章の数々である。

一例を挙げよう。英語新聞『アイテム』(*Item*)の一八七九年三月九日号に載った記事「夢の都」(The City of Dreams)は、この都市の風俗に対する精通ぶりをひけらかすあたり、いかにも「にわかじこみのニューオーリンズ好き」の書いたエキゾティシズムたっぷりの文章だ。

主題は、ニューオーリンズ市民の言語生活における「変化」だ。かつて金の亡者だった人々が、黄熱病の流行とともに死と境界を接して生きるようになる。そういった変化を、ハーンはひとり言を言うというニューオーリンズにおける言語生活に注目しながら、ひたすら耳を欹《そばだ》てながら聴き取っていく。「死者のことば」をひとりごちる歩行者という病的なさまを巧みに描くハーンの趣味は、猟奇的かつ文明批評的である。

伝染病のはやる前は、まるで実体のない空《くう》なるものを相手とした、こうした会話の大方は金銭の問題だった、と我々は思っていた。実際その通りで、我々の耳に届いた切れ切れなつぶやきの大半は、一攫千金の――途方もない、茫漠とした、ほとんど妄想に近い――夢に関わっているように思われた。このような夢にとりつかれるのは、一切を失って何一つ望み得ないが「不可能」の夢の絢爛さに慰めを求めずにはいられない人々なのだ。（仙北谷晃一訳[3]）

伝染病の流行がニューオーリンズの町の風俗に変化を強いる以前、人々の妄想を支配していたのは金であり、それは具体的には、ルイジアナ割譲以降急速に流通しはじめたドル紙幣のことだった。USドルは、ニューオーリンズにおいても、伝染病という天災によってその威光を曇らされない限りにおいて、人々の心を蝕む夢と悩みの泉だった。
　ところが、猛暑の中で呟きの中身が変化する。

ひとり言の男女の数は減ったが、これまで以上にことば数は多くなったように思われた。彼らの話しかける相手は、黒い布でくるんで音を消してある門鈴の柄のところで不気味にはためいている黒い旗であったり、小さな家の門口に吊るされている幽霊のような白いものだったり、墓地に向かって不吉などよめきを立てて進む長い葬列だったりした。（同前）

歴史的変動と伝染病、人災と天災。人々にひとり言を強いるのはほとんど不可抗力としか言えない人為を越えた力である。逆に、素材は何であれ、人々はひとり言を武器にして、運命との戦いを生き延びようとする。

ある種特異な現象を人間一般に結びつけて結論づけようとする傾向は、まさにハーンの独壇場だが、このエッセイも最後は次のように締めくくられる。

> こうした事を見たり聞いたりしている中に、我々は（中略）住民の中に、不可解なことを喋ったり、自分の心と声を出して語り合う人たちのいることに、別段驚かなくなってしまった。われわれとて、幾多の影に囲まれて夢み、自分の心に声を出して語りかけ、答えのないことばがわが身にこだましてきて、初めて目ざめるような日々を送っているからである。（同前）

ニューオーリンズの同時代風俗を描いていたはずのハーンは、いつのまにか人間の抑鬱傾向が都市風俗の中で言語的発露を見出すにあたっての普遍的原理を語るようになる。ポー（Edgar Allan Poe, 1809–1849）やボードレール（Charles Baudelaire, 1821–1867）の精神的後裔であったハーンの本領が、ここでは如何なく発揮されていると言うことができるだろう。しかも、この普遍的原理をハーンはその後も移動の先々で例外なく再確認することになるのである。

ルーケットとの出会い

『アイテム』紙の記者として新天地での再出発を期したハーンは、ひたすら路上観察にばかり励んでいたわけではない。午前中は、英語メディアはもとより、フランス語の新聞雑誌にも限なく目を通し、記事のネタを拾うというのが、彼の日課だった。[4] そんなある日、ハーンは『カトリック伝道』(*Propagateur Catholique*) という小さな土地の週刊新聞の片隅に驚くべき投稿記事を見出すことになる。「若きクレオール人の歌／わが友、ギリシア系英国人L・Hに[5]」(“Chant d'un jeune Créole”) と題されたそれは、クレオール・フランス語の、それも韻文で書かれていた。

Chant d'un jeune Créole

A MO ZAMI GREK-ANGLÉ,

L. H. ....

To papa, li soti péi-Anglé（君のお父さんは英国人）

【to＝*ton*；li＝*il*；soti＝*de*（<*sortir*）；péi-Anglé＝*pays anglais*】

Mé to maman, li soti ile la Grèce.（でも君のお母さんはギリシアの島の生まれ）

【mé＝*mais*；ile la Gréce＝*île greque*】

Pour te vini oir moin, zami Boklé（君が僕を訪ねてこられるよう友人バクレーが）

【to＝*tu*；vini＝*venir*；oir＝*voir*；moin＝*moi*；zami＝*ami*(*e*)】

Li minnin toi, avek plir politesse.（丁重にお迎えに上がり、案内する）

【minnin＜*mener*；avek＝*avec*；plin＝*beaucoup*（＜*plein*)】

（中略）

Vini oir moin souvan; nou va share（ときどき会いに来てよ、お喋りしよう）

【souvan＝*souvent*；nou＝*nous*；va＝〔近接未来〕＜*aller*；share＝お喋りする[6]】

An ho tou bon ki shoze; an ho sowashe;（楽しいことなら何でも、原住民のこと）

【an ho＝*sur*（＜*en haut*)；tou＝*tout*；ki shoze＝*quelque chose*；sowashe＝*sauvage*】

An ho bel la langue-là ki yé pale;（連中が話す美しい言葉のこと）

【la langue＝*langue*；-là＝〔指示詞〕；ki＝〔関係詞〕*que*；yé＝*ils*（＜*eux*)；pale＝*parler*】

An ho yé nark, yé fleshe é yé la hashe.（連中の弓や矢や斧のこと）

【yé＝*leur*；nark＝*arc*；fleshe＝*flèche*；la hashe＝*hache*】

（以下略）

四行十五連からなる詩の末尾には、アドリアン・ルーケット（Adrien Rouquette, 1813-1887）の署名があった。

アドリアン・ルーケットは一八一三年にニューオーリンズで生まれ、バイユー地帯のプランテーションで育った。少年時代の遊び相手はアメリカ先住民の子供らだったという。そして十六歳で、憧れの詩人、シャトーブリアン（François-René de Chateaubriand, 1768–1848）の故郷であるブルターニュに留学。一八三七年、ルイジアナに戻った彼は、牧歌的なフランス語詩集『草原』（*Les Savannes*, 1841）を発表。一方、この時期にカトリック教会で修行を積み、一八四八年からはサンルイ（セント・ルイス）・カテドラルの助任司祭となる。一方、詩の創作も続けるのだが、第二詩集『野花』（*Wild Flowers*, 1848）は英語である。その後もショクトー語使用者相手の布教伝道に情熱を傾けた彼は、「シャタ・イマ」Chahta-Ima なる称号を与えられ、その名を馳せる。(7)

このルーケットは、ハーンに対する私信のようにも見えるクレオール語の詩の中で、自分自身の半生を圧縮して語っている。(8)南北戦争期の荒廃の中でショクトー人たちを励し続けた彼は、ひょっとしてハーンの中に自らの分身を見出そうとしたのかもしれない。事実、ハーンはこの招きに応じて、ポンチャトレーン湖のほとりのショクトー人集落にまで足を伸ばしている（ただ、これはハーンの生涯において珍しいことではなかったのだが、友情は長続きせず、まもなく二人は音信不通となった模様である。しかし「若きクレオール人の歌」の切り抜きをハーンはその後も大切に保管していたとみえ、遺品の中にその四つ折がみつかる）。(9)

ルイジアナの文芸全体を考えるときに、ハーンはもちろんだが、ルーケットに代表されるフランス語詩人、あるいは多言語使用作家の存在を無視することはできない。しかも、ルーケットとハーンを通して見えることとは、ルイジアナの言語がこの時期英語へと一本化されつつあったということである。ショクトー人の言語も、クレオール・フランス語を含めたフランス語諸方言も、あるいはスペイン語も、すべては少数言語の地位へと格下げされる過程が急速に進行しはじめた時代、それが他でもない「新南部《ニュー・サウス》」の時代であった。

逆に、ケイブル（George Washington Cable, 1844–1925）やハーンのような英語作家や英語ジャーナリストは、これら非英語による文学表現の芽を摘みながら、結果的に根まで絶やす方向で、英語帝国主義の先棒を担ぐ存在として、文学史に名を留めることになるのである。ルーケットにはほとんど割かれることのない文学史の数頁や数行が、ケイブルやハーンには十分な敬意を表した形で割かれる。これが一九九〇年代に入るまで、アメリカ合衆国における「文学史」のいわば伝統（あるいは慣例）だった。

D. R. Lebreton : *Chahta-Ima*……より

ルイジアナ小説『チータ』

ハーンは、その後、『アイテム』から『タイムズ・デモクラット』(*Times-Democrat*)紙へと職場を移し、一八八四年十二月の開幕に向けて万国産業綿花百周年記念博覧会の準備が進む中、クレオール・フランス語のことわざを広汎な地域に取材して収集した『ゴンボ・ゼーブ』(*Gombo Zhèbes*, 1885)やクレオール料理のレシピ集『クレオール料理』(*La cuisine créole*, 1885)の編集・執筆に精力を注ぎ、その時点で、ルイジアナで一番のクレオール通となる。

しかし、ケイブルに遅れをとってはいたものの、作家として身を立てるという強い野心を捨てがたく胸に秘めていたハーンは、一八八六年、メキシコ湾に浮かぶグランド島に仕事場を構えて、小説の執筆に専念する。ここで取り上げたい『チータ』(*Chita*, 1889)(雑誌初出は一八八八年、単行本一八八九年、邦訳は前出の『ユーマ』とともに『カリブの女』の題で、一九九九年に河出書房新社からの平川祐弘訳がある)は、クレオール言語に親しむだけではなく、ニューオーリンズに来た当時から学習していたスペイン語の知識までフルに動員した、それこそ満を持してのルイジアナ小説の試みであった。

一八五六年、メキシコ湾岸を襲った大嵐は、大きな人的・物的被害をもたらした。クレオール家庭に育った少女ユーラリ(愛称は「リリ」)は、危ないところで、スペイン系の漁師であるビオスカ夫

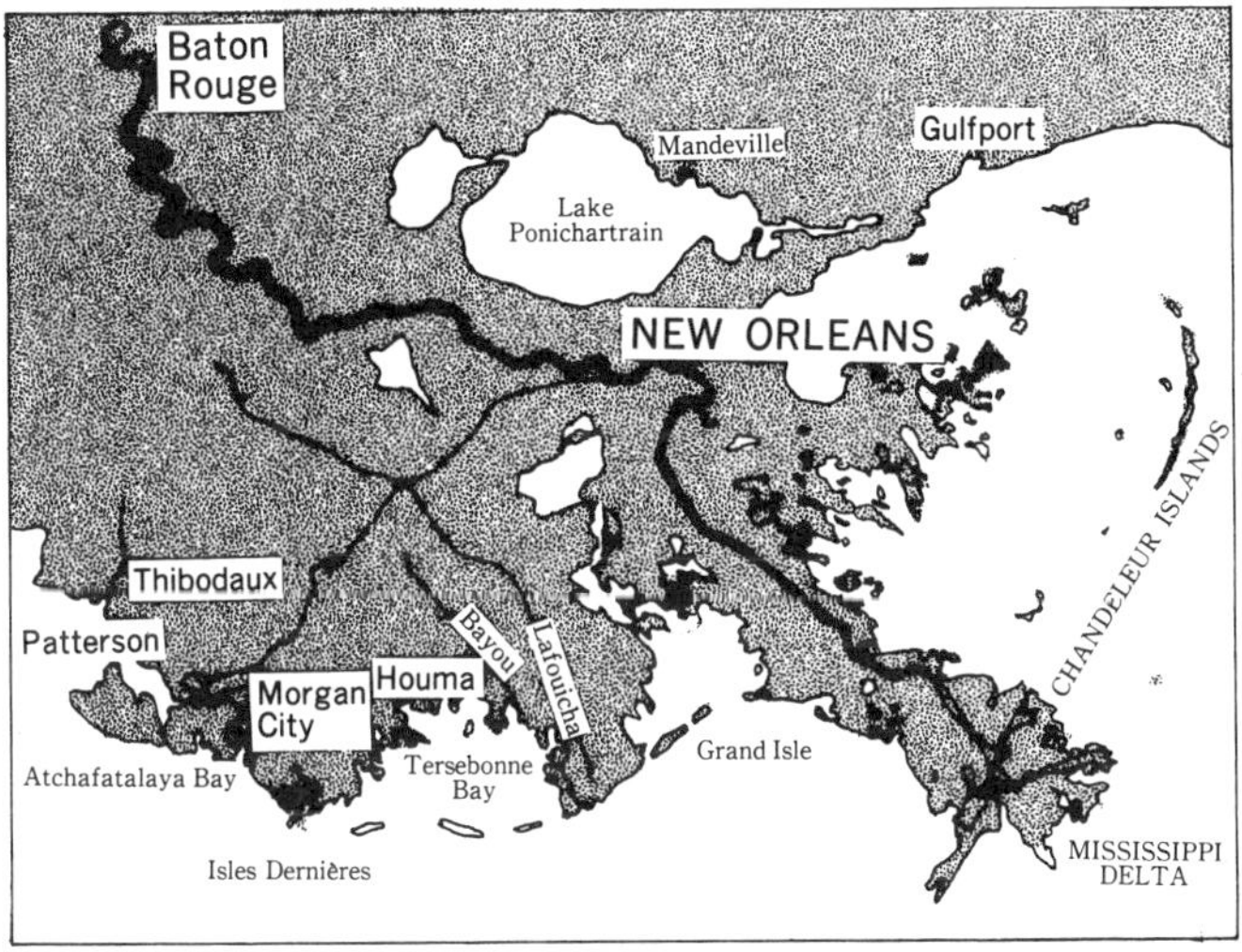

ニューオーリンズからバイユー地方にかけて

妻に拾われ、養子として育てられる。新しく授かった「コンチータ」の名（「チータ」はその愛称）は、実はビオスカ夫妻が先に失った娘の忘れ形見ともいえる愛すべき名前だった。生家では白いマリア像にしか縁のなかったクレオール人の少女が、ここではメキシコ風の「黒いマリア」（グアダルーペのマリア像）の加護を得て、すくすくと育っていく。

一方、同じ嵐で妻子とはぐれた父親ジュリアン（パリに留学したことがあるという若き日のジュリアンの像にはアドリアン・ルーケットの姿が部分的にかぶさる）は、九死に一生を得た後、生きる屍のような心境から逃れられないまま、ニューオーリンズで医師をし、南北戦争では南軍に奉仕して、戦後は町に戻ってきていた。その彼のところに、一八六七年の黄熱病流行時に遠方から往診依頼が来る。ラスト島（フランス語では「デルニエール島」）からだ。偶然の一致と言うしかないのだが、実は、この島で、娘の「リリ」は「チータ」として生まれ変わり、いままさに娘盛りを迎えようとしていた。

対面する二人。フランス語で会話する二人。父のジュリアンは、娘が嵐で失った妻の生き写しであることに気づくが、娘の方は礼儀正しいものの、素気ない。その後、自分もまたマラリアに感染したジュリアンは、英語やフランス語やスペイン語で妄語《うわごと》を言いながら、神に召される。実の父と娘は再会を果たしていながら、互いを確認できないまま、再度、死に別れるのである。

自ら幼くして母とも父とも生き別れた「孤児ラフカディオ・ハーン」の出世作として『チータ』を読むとき、ひょっとしたらこの小説の霊的な部分は、ハーンの私的な家族妄想かもしれないとさえ思える。ケルトやブルターニュ、あるいは地中海地域の伝説や迷信がちりばめてあるあたりにも、ギリシア生まれ、アイルランド育ちのハーンならではのこだわりが感じられる。

しかし、文学史で言う「地方色《ローカル・カラー》」の観点から読むならば、これぞ典型的な十九世紀リアリズム小説だということになる。ルイジアナ併合以来、北からのアングロ・サクソン系住民の流入によって不可逆的な変化を示しはじめたニューオーリンズから、ハーンは、鄙《ひな》びたバイユー地域へと視点を移動させながら、近代化の周縁部分にあえて小説の素材を求めようとした。フランスの植民地であった時代、続くスペイン領であった時代、合衆国独立後の大きな人口移動に連動してノヴァ・スコシアからルイジアナへと南下してきたフランス系アカディア人（ケイジャン人）の文化がバイユー地帯に新しい地域色を与えはじめた時代、そういった十八世紀から十九世紀にかけての歴史を記憶としてなおも留めるルイジアナの多言語・多文化的状況を、『チータ』は見事なリアリズムで描きとっている。英語で書かれてはいるものの、クレオール・フランス語や標準フランス語、スペイン語、それどころかイタリア語までちりばめて、異国情緒たっぷりに仕上げられたこの小説は、後のマルティニークや日本でのハーンの仕事を完全に先取りした写実的な作品なのである。

帝国の作家

「アメリカ文学」と一口に言っても、それはいまや「英文学の一部」でもなければ「英米文学の一翼」でもない。エモリー・エリオット編のコロンビア大学版の『アメリカ文学史』（*Columbia Literary History of the United States*, 1988）は、正確には『合衆国文学史』と限定的に名付けられ、これはたとえば「カナダ文学」との間に一線を画そうとしたものと理解される。

その中で、ハーンは「リアリズムとリージョナリズム」の章の中に取り上げられ、『チータ』に対しては「芸術的な手腕で地方の素材をすべて一つにまとめている」との評価がなされ、その「ニューオーリンズとカリブ海のスケッチは、彼の日本民話を下敷きにしたいくつかの重要な物語作品と並んで、地方色の正確無比な観察力による世紀末的な美の追求の証である」と、この短い紹介文は結ばれている。[10] なるほど、簡にして要を得た評価であると言えるだろう。

しかし、同じエモリー・エリオットの編による『アメリカ小説史』(*The Columbia History of the American Novel*, 1991) になると、少しその扱いに変化が生じている。この文学史が、小説ジャンルに対象を限定する代わりに、「アメリカ先住民の文学」や「カリブ文学」「ラテンアメリカ文学」にまで章を割き、コロンブスによる「アメリカ発見」から五百年目にあたった翌一九九二年を強く意識した構成になっていることもあるだろう。しかしそれだけではない。上記の「リアリズムとリージョナリズム」に相当する「ネイション、地方、帝国」の中でエイミー・カプランは、『チータ』に触れながら、ハーンが身をもって生きた「無限の後退」(infinite regression) について触れている。

グランド島からさらに奥まった島々へと場を移しつつハーンがおこなったことは、嵐の猛威からも内戦(=南北戦争)という歴史的猛威からも、人はいくら逃れようとしても逃れられないと、それを明らかにするという一点に尽きていた。過去との合一を願い、娘を想う父親の夢は、もう一歩というところまで実現しかかるが、そこまでだ。[11]

カプランによると、「過去との合一」の実現可能性という主題は、ただ単にハーン文学の特徴だというのではない。それは「帝国」化の途上にある国家における「地方文学」にとって不可避の主題であり、そもそも合衆国内の「地方」にエキゾティックな舞台を求めようとしたこの種の文学は、次から次へと新しい辺境《フロンティア》を求め、「遠隔の植民地空間」(more remote colonial spaces) へと身を挺して行く。

ニューオーリンズからメキシコ湾沿岸のグランド島へ、さらには一八五六年の大津波で潰滅したラスト島へと戦略的な「後退」を続けたハーンにおいては、その後の遍歴もまた「後退」に連なるものなのであった。この伝でいけば、アンチル諸島や極東アジアにおけるハーンの仕事もまた、二十世紀をまたいで今世紀へと受け継がれる合衆国の「帝国」化という大きな歴史的文脈の中にすっぽりと収まることになるのだろう。

もちろん、ハーンは「事実上の合衆国作家」(彼は合衆国国籍を保有したことはない) であっただけではない。彼は豊かな意味において「アメリカ作家」でもあった。「アメリカ」を「カリブ海地域を含んだ南北アメリカ」として解するなら、『ユーマ』はかなりスケールの大きな「アメリカ小説」だと言える。同じことは『チータ』についても言えて、メキシコ湾岸の無国籍的な密輸商人やフィリピンやマレー半島から流れてきた労働者や漁民まで含めたメキシコ湾・カリブ海地域の多民族・多文化的な風土を、それこそ「魔術的リアリズム」とでも呼びたい実験的な方法を用いながら描いたそこでのハーンは、使用言語の枠を超えて、ガブリエル・ガルシア＝マルケス (Gabriel García Márquez, 1927-) やマリーズ・コンデ (Maryse Condé, 1937-) の先駆者であったとすら言えるだろう。

しかし、カプランの読みに従うならば、であればあっただけ、英語でしか書こうとしなかったハーンは逃れようもなく「合衆国作家」なのだ。ルイジアナ購入、西部開拓、太平洋地域への海洋進出、テキサス以南、そしてパナマ海域への資本投下、パン・アメリカニズムの夢――こういった「帝国」アメリカ合衆国の膨張期に、ローカル熱に取りつかれた英語作家のエキゾティシズムをハーンほど強烈な形で体現した作家はいなかった（フランス語作家ピエール・ロティ（Pierre Loti, 1850–1923）への憧れが彼をそんなふうに仕向けたともいえるのだが……）。

ここであらためて『チータ』を読み直してみよう。多言語世界を多言語使用のペダンティックなスタイルで描いたハーンは、ここで一種の象徴技法を用いているとは言えないだろうか？

スペイン語使用の漁師に拾われた「養女」の物語。コンチータはこの先、男に嫁ぐなりして、おそらくは漁村を離れていくことになるだろう。天災であれ人災であれ、予知不能な出来事が彼女を翻弄し、彼女はもはや母語であるクレオール・フランス語から遠い近代社会の荒波の中で揉まれていくことだろう。ルイジアナが変化すると共に、コンチータは言語を取り替えていくだろう。

ハーンはここで南北戦争を完全な後景へと追いやっている。しかし、その大きな災厄が南部にもたらした決定的な変化の不可逆性が、ここでは嵐の比喩を介して暗示されている。「近代化」という名の不可逆的な歴史の進行の中で、人は新しい言語・新しい生活に順応・適応しながら、事実上、新しい社会へと「養子」にもらわれていくのだ。かつてレフカダ生まれのハーンがダブリンの親戚へ異端児として引き渡され、アイルランド育ちのハーンがシンシナティへ赤貧のアイルランド移民として流れこみ、合衆国で文筆家として名をなしたハーンが今度は日本で英語教師として採用され、さらには小泉家の婿として受け入れられたように、一方で「余所者《よそもの》」であり続けながら、同時に「養子」としてふるまうことが、言ってみれば近代人の宿命なのである。ハーンの例はその極端な例であるとは言えても、はたして特異例であったと言えるだろうか？

十九世紀後半、ニューオーリンズを通過した作家たちのなかで、ハーンは誰よりも遠くまで南下し、西行（going west）を実行に移した。晩年になって、東京で米西戦争の勃発を聞き知ったハーンは、アメリカ海軍の主計官マクドナルドに向かって、ひそかに「マニラ行きの夢」を語った(12)。これもまたハーンと合衆国の膨張主義との意図せざる共犯関係を示しているように思う。言い換えれば、ハーンの一生は必ずしも「日本への帰化」で予定調和的に幕を下ろすべく宿命づけられていたわけではなく、さらなる転身と養子縁組に向けて可能性としては開かれていたということである。

これからのハーン研究を、とりわけ日本において深めようというとき、本人の意識がどうであれ、ハーンが英語作家として結果的に果たすことになった役割、その彼が潜在的に秘めていたポテンシャルを考慮することは不可欠である。

一つには、ハーンと同じ役割を、極東地域ではまさに日本語使用者たちが、北海道や樺太、沖縄や台湾、朝鮮半島や満州、さらには中国や南洋諸地域において、その後、担うことになるから。

もう一つには、アメリカ合衆国の対日戦後処理政策の中で、「親日家」ハーンの存在が巧みに利用された可能性があるから[13]。

こうしたいくつかの理由からである。

英語で書くルイジアナ作家であった作家が、英語で書く日本作家でもあったというハーンのケースは、私たちにとって、いまなお汲めども尽きない興味の対象なのである。

注

（1）ハーンとイェイツについては、平川祐弘編『小泉八雲事典』（恒文社、二〇〇〇年）の中で鈴木　弘氏が簡潔にまとめておられる（二九—三〇頁）。

（2）明治の怪談本、町田宗七編『百物語』（御山苔松談、一八九四年）を下敷きにしながらも、ハーンは時代設定を文明開化の遙か以前へと遠ざけ、同時代的なゴシップとしての「怪談」本来の性格を消去している。「その inform を最後に見たという人間は……三十年も前に亡くなった」というのはそういうことである。

（3）平川祐弘編『クレオール物語』（講談社学術文庫、一九九一年）一七九—一八三頁。

（4）ハーンがニューオーリンズに来た当時、新聞は英語新聞数紙以外に、フランス語紙『蜜蜂』（*L'Abeille*）やドイツ語紙『ガゼット』（*Gazette*）があったという（E. L. Tinker, *Lafcadio Hearn's American Days* (London: John Lane the Bodley Head, 1924), 51)。なお同書はハーンのニューオーリンズ時代を知る上で最も包括的な書である。

（5） Ialeske-Chata, *Mandevilie* (New Orleans, 1918), 47.（詩の全文が再録されている）

（6） この動詞の意義説明はクレオール・フランス語関係の辞書には見当たらず、ケイジャン語の辞書にようやく見つかった（*A Dictionary of the Cajun Language*, Edwards Bros., Ann Arbor, Michigan, 1984）。なお本書にルイジアナのフランス語系諸言語のわかりやすい分類が記されているので紹介しておく――「ルイジアナのフランス語には三つの形がある。クレオール・フランス語と黒人フランス語とケイジャンとだ。クレオールはフランスから直接ルイジアナにやってきた移民者の末裔の話す言語だが、今日、特にニューオーリンズ以外で、純粋なクレオールを話す人間はきわめて稀である。一方、黒人フランス語はクレオールとまったく異なり、言ってみればクレオールが崩れたもの。アフリカから来たばかりの奴隷たちはフランス語の複雑な音が発音できず、クレオールの主人が例えば“toi”“tu”“il”“venir”“courir”などの基本語彙を教えても、それらは“to”“te”“li”“vini”“couri”に変化した。白人の中にも黒人フランス語を話す人間が（特にサンマルタン教区などに）いるが、これは富裕な奴隷所有者が黒人の乳母に子守りをさせた結果で、白人の子供はクレオール・フランス語よりも黒人フランス語の感化に晒されたからである。黒人の乳母に育てられたクレオールの白人が黒人フランス語を話せたとしても当然だろう。ただし、黒人フランス語とケイジャン語とが無関係であることは注記しておきたい。クレオールの白人家庭に迎えられたケイジャン系の人間が黒人フランス語を覚えることならあったとしてもである。同じことでクレオール家庭に育った人間でも特にニューオーリンズの市外に住むとケイジャン語しか話さなくなることがしばしばである。」ここでの三分類法はきわめてルイジアナ的なもので、今日、一般に「クレオール・フランス語」と私たちが呼ぶのは「黒人フランス語」のことである。「黒人フランス語」の成立をめぐる説明もいくらか人種主義的な差別感を含んでいるが、完全な空想とは言えないだろう。いずれにせよ、「若きクレオール人の歌」の言語は、「黒人フランス語」と「ケイジャン語」の重層的併用だと考えるのが妥当だろう。「黒人フランス語」にしては構文上、標準フランス語にのっとるところが多いし、「ケイジャン語」と見なすにしては語彙が特殊で、音韻上のなまりが過剰なくらい強調されている。

（7） Dagmar Renshaw Lebreton, *Chahta-Ima, The Life of Adrien-Emmanuel Rouquette* (Baton Rouge: Louisiana State Univ. Press, 1947)（ルーケットの決定版ともいうべき伝記）

（8） この詩の全訳は『比較文学研究』六十一号（東大比較文学会、一九九二年）所収の拙論「ハーンとマゾッホ」の注(16)に本文と共に併録してある（五七―六〇頁）。

（9） この切り抜きがハーンの遺稿を集めたヴァージニア州立大学のバレット文庫に含まれている（分類番号 6101-A, no. 3）ことから推測できる。

（10）『コロンビア米文学史』（コロンビア米文学史翻訳刊行会訳、山口書店、一九九七年）六六八頁。

（11） Emory Elliott ed., *The Columbia History of the American Novel* (California Univ. Press, 1991), 254.

（12） 詳しくは『ラフカディオ・ハーン再考』（恒文社、一九九三年）所収の拙論「マニラ行きの夢」（一七九―一九四頁）を参照のこと。

（13） 平川祐弘氏は『小泉八雲とカミガミの世界』（文藝春秋、一九八八年）所収の論文「文学と国際世論」の中で、米軍占領下の日本でマッカーサーの副官を務めたボナー・フェラーズ（Bonner Fellers, 1896-1973）が小泉家とものつながりを持つハーン好きの一人であったことを詳しく検証している。

第三章　ケイト・ショパン

ケイト・ショパン
――メタファーと化すニューオーリンズ

藤田佳子

ニューオーリンズの登場

ショパン（Kate Chopin, 1851-1904）とニューオーリンズとの関わりは実際にはそう長くはない。女学校卒業後の一八六九年に約二ヶ月、さらに結婚後、夫オスカーと共にニューオーリンズに移り住んで九年間過ごしただけである。しかしショパンには抜きがたい印象を残した。先ず十八歳の時には、「ニューオーリンズが大好きになった。すばらしく清潔で――すばらしく白くて緑で、四月なのに花で溢れていた」と感嘆ぶりを日記に記している。結婚後には六人の子育ての多忙な日課の合間を縫って精力的にニューオーリンズおよび周辺を探訪し、未知の人種、習俗、美しい土地の景物を飽くことなく吸収した。ショパンが実際に創作にたずさわったのは、夫の死後、生まれ故郷のセントルイス（ミズーリ州）に戻ってから（一八八四年）であったが、彼女のイマジネーションの源は常にニューオーリンズとその周辺にあった。この強い絆ゆえにショパンはまさにニューオーリンズの作家である。

ショパン在住当時のニューオーリンズはクリストファー・ベンフィー（Christopher Benfey）著『ニューオーリンズのドガ』（*Degas in New Orleans*, 1997）に再現されている。南北戦争後の厳しい再建期であり、北部から流入したヤンキーと、都市の元建設者クレオールおよび戦前からの在住北米人との間の心理的軋轢が注目されるが、それ以上に複雑きわまる人種構成、それに伴う風俗・習慣、道徳律の多様性が町の大特徴となっている。特に戦前の「プラサージュ」制度に起源のある混血女性と白人男性の婚外関係は独特の雰囲気をもたらしていた。

ケイト・ショパン

ショパンはケイブル（George Washington Cable, 1844–1925）の影響を強く受け作家生活に入った。しかし果敢に人種問題に取り組んだケイブルに比べると、「美女ゾライデ」（"La Belle Zoraide", 1894）をはじめとする二、三の悲痛な短編を除いては、ショパンの初期の関心はピクチャレスクな田舎生活に向けられていた。ルイジアナ州大プランテーションのクレオールや黒人、バイユー地方のケイジャン、の生態や風習が暖かいまなざしで捉えられ、「写真のようなリアリズム[1]」で活写された。これらの題材は特に北部読者層にとっては魅力に富むものであり、最初の二つの短編集によって、ルイジアナ南部を描く第一級の地方色作家としてショパンの名声は確立した。中でもケイジャンは当時の読者にはまったく「未知の領域[2]」であった。フランス領カナダのアカディアが英国統治下に入ったあとも英国王に忠誠を誓うことを拒否していたアカディア人たちが遂に一七五五年故国から追放され、彼らのうち約四千人が十八世紀末までに南ルイジアナ、バイユー地帯や小島に定着したと伝えられている。彼らは独特のフランス語を話し、伝統的な風習・文化を守り、強い連帯を誇りにしている。「ケイジャンの舞踏会で」("At the Cadian Ball", 1894) や「シェニエール・カミナダで」("At Cheniere Caminada", 1897) をはじめとするショパンの短編では、彼らの素朴さや野性味が美しく写しとられている。

ではこれら地方色豊かな短編集でニューオーリンズはどのように描かれているだろうか。「カリーヌ」("Caline", 1897) では思春期に差し掛かった少女の心理がテーマとなっている。ニューオーリンズの西北に広がる綿畑地帯に住むカリーヌには日に数回列車が往来するだけののどかな日が続く。しかしある出来事をきっかけに列車は突然意味をもち始める。エンジン故障のため急停車した列車から降り立った乗客の中に素敵な青年が一人いた。彼は驚いて見つめるカリーヌの素朴な美しさに惹かれ姿をスケッチする。まもなく修理も終わり列車は乗客を乗せ再出発する。これまで何気なく眺めていた列車が今度はあの青年をどこかへ運び去ったのだ。やがて行先を周囲の大人に尋ね続けるカリーヌの努力が報われて、列車は「町」("the city") へ行ったのだと知れる。このように田舎びとにとってニューオーリンズは"the city"として登場する。シェニエール・カミナダに住むトニーにとっても事情は同じである。「町」として認識されるニューオーリンズは遠い所、活気のある華やかな所、そして憧れの人の住む所なのだ。実現できない夢ゆえに甘美な悲しみを誘う場所でもある。同時に、ニューオーリンズと田舎の対比も成立している。少女カリーヌの場合、思い切って出てきたニューオーリンズは次第に彼女を孤独に追いやり悲しみに突き落とす。癒しは田舎にある。「つまらないクレオール」("A No-Account Creole", 1894) のオフィディアンはもっと積極的に、ニューオーリンズ・ビジネスマンの空疎な生活から精神の再生を求めて大プランテーション地帯の生活へと移ってきた人物である。

このように第一、第二短編集においてはニューオーリンズは田舎びとの立場から距離をおいて眺められる。そして彼らの視点を通して二律背反の性格を与えられる。しかし続く最後の短編集（*A Vocation and a Voice*, 1969. 死後出版）で様相は一変する。ニューオーリンズとおぼしき都会が田舎に代わってほぼ全編の舞台となる。しかし第一、第二集においてそうであったように客観的に捉えられることはなく、人物の内面や行動と完全に融合して用いられている。この変化の背後にはショパンの心理小説への傾斜がある。たしかに当初からショパンにはいくつかの短編において人間心理、特に女性の繊細な心理への関心と深い洞察が見られた。たとえば、「後悔」("Regret", 1897) の年配婦人の孤独と痛切な後悔の念は、舞台こそ地方色豊かな農園に設定されてはいるが、まったく普遍的なものである。ショパンが人間心理に直進していけば、ピクチャレスクな地方色はむしろ妨げとなる。したがって後期の短編では独特の顔を見せぬ場所として作者の熟知したニューオーリンズが採用されることになる。

ヴァレリー・ショウ（Valerie Shaw）は短編のセッティングについて、実際には厳密に区別しがたいがと断った上で、エリザベス・バウエン（Elizabeth Bowen, 1899-1973）の用語に従い、「物語の流れに融合しない静止したセッティングと行動や人物に働きかけていることが感じられる（能動的な）セッティング」の二つがあるとしている。(3) ショパンのセッティングの扱いは、簡略化して言えば、前者から後者へと発展してきている。後者の特に優れた例は、「手紙」（"Her Letters", 1969）に見出される。ここではニューオーリンズの機能は雨と暗い河に集約されている。ある夜ふとしたことから亡き妻の秘密の手紙の束を見つけた夫は、包みに記された、中を開けずに廃棄してくれるようにと夫に懇願するメッセージに当惑する。懊悩する彼の耳に窓ガラスに激しく打ち付ける雨音が響く。そして彼の決断を促進する。一方、遂に投下された手紙の秘密を飲み込んだ河は以後、絶望のメタファーとなって彼に取り付く。

浅いわずかな眠りも熱に浮かされたようなグロテスクな夢に襲われた。夢ではいつもあの暗い

河の音が聴こえ、その様子が見えるのであった。とうとうと流れ、彼の心も大望も命も運び去るあの暗い流れが。(四〇三)[4]

最後に彼は流れに引き寄せられるようにミシシッピー河に身を投ずる。雨も夜の河も彼に働きかけると共に彼の心象風景ともなり得ている。このようなセッティングの技法確立と共にショパンの地方色作家からの脱皮は完成したのである。同じく「エジプトたばこ」("An Egyptian Cigarette", 1969)では、女主人公の一時の刺激を求める遊びがニューオーリンズの歓楽的雰囲気の中でこそ定着しうるのであるし、又一方、「盲目の人」("The Blind Man", 1969)では、ニューオーリンズ目抜き通りの雑踏と喧騒が、作中の出来事とあいまって人生の不可知性を印象づけるに必須のものとなっている。ギラギラ照りつける太陽の下、轟音を上げて電車が行き交う大通りをみすぼらしい盲人が渡り始める。突然響く悲鳴のようなブレーキの音。しかし犠牲者は盲人ではなく幸せの絶頂にある町の有力者なのであった。

そしてショパンの代表作『目覚め』(*The Awakening*, 1899)(瀧田佳子訳、荒地出版社、一九九五年)、(宮北恵子、吉岡恵子共訳、南雲堂、一九九九年)の創作もこの時期にあたる。もっとも、『目覚め』が浴びた非難のためショパン最高の短編集と言える第三短編集は刊行し得ず、一九六九年にやっと全集の中に収められることになったのではあるが。本論では、したがって、ここまでのショパン創作過程の概観に沿ってニューオーリンズのセッティングとしての機能を中心に考えていきたい。

セッティングとしてのニューオーリンズ

しかし先ず、ショパンが約八年間の短編創作のあとふたたび長編小説を手がけた時いかなる問題が取り上げられたのだろうか。短編のように一瞬の啓示を伝えるだけに止まらぬ長編の場合、作者の継続した問題意識が投影される。ショパンにおいてはそれは、最初の長編『あやまちで』(*At Fault*, 1890)ですでに示されているように女性の生き方、生き甲斐の問題であると言える。つまり『目覚め』もエドナ個人を描いてはいるが実はその背後に多くのヴィクトリア朝的アメリカに生きる女性の存在があるのだ。先ずストーリーを紹介しておこう。エドナ・ポンテリエは優しいクレオールの夫と子供達に囲まれ平穏な日を送っている。しかし避暑地で自由な雰囲気とクレオール青年ロベールの献身的愛に触れ、〈真の人生〉を求め始める。それは同時に苦しみの始まりともなるのである。

当時の社会を支配するヴィクトリア朝的倫理とは、南北戦争後の荒廃と戦後のテクノロジーの脅威の中で、後世に残すべき規範として意識的に作り上げられていったものであるが、その骨子は女性に関して言えば、「家庭が女の城」とする思想であった。しかし、家事の簡便化に伴い生じた十九世紀末女性の最大の不幸は、家庭における存在価値の希薄化であった。事実、ショパンは最初の長編『あやまちで』において、女性が生き甲斐を感じるためには何か有意義な社会的仕事をもつことが必要というメッセージを作品に託している。これはショパン自身夫の死後一年以上にわたって独力でプランテーション維持に当たった経験に基づくものと思われる。さらに極めて興味深いことに、ショパンがわずか十九歳で書き、現存する最も初期の短編と言われる「解放——人生の寓話」(“Emancipation: A Life Fable”, 1969. 死後出版)はすでに無為に家庭に閉じ込められる女性の閉塞感と解放への願望を表しているのである。

ところで『目覚め』に、知人の薬剤師ラティニョールが顔色優れぬエドナを見て強壮剤(“tonic”)を勧める場面がある。『目覚め』にはたしかに“narcotic”,“chloroform”など薬物を指す語が何度か使われるが、サラ・デイヴィス(Sara de Saussure Davis)はそのショパン研究において特にこの場面に注目し、これは当時の女性の薬物(阿片)依存に対するショパン流の間接的言及であると示唆に富む発言をしている。(5) 事実、「エジプトたばこ」で阿片入りタバコを吸い恐ろしい夢魔を楽しむ女性を登場させたショパンであってみれば、当時の女性の間に侵入していた薬物への関心に気づかぬはずはない。禁酒法のあおりを受けて薬物こそ比較的入手容易な現実逃避手段であった。一八八〇年にアール医師(Charles Washington Earle)はシカゴ市内五十人の薬剤師から聞き取り調査をした結果を医学会で発表している。(6) それに依れば、市内二三五人の薬物常用者のうち男性六十六人に対し女性は一六九人に上っている。このうち女性の身分を百分比にすると、売春婦が二一パーセントを占めているとしても主婦は四五パーセントに上っている。しかも裕福な三十代主婦の占める割合が最も高い。女性の薬物依存が十九世紀末の医学的・社会的大問題であった事情が理解できる。この現象に関して別のある医師は、彼女らの生活が「絶望の生活であるため」、「肉体的精神的に沈滞状態におかれているため」救いを求めて阿片に走るのだと解釈している。[7] 彼女らの生活は絶望の生活であった。女性を追い詰めるこの閉塞感は『目覚め』に先立つこと七年、ギルマン（Charlotte P. Gilman, 1860-1935）が「黄色い壁紙」（"The Yellow Wallpaper", 1892）にすでに描き取っている。

エドナも裕福な中流階級の女性、家にはさまざまな度合いの混血の男女が子守り、メイド、コック、雑用係などとしてエドナのために立ち働き、彼女なしでも生活の必須の部分は確実に遂行されていく。彼女は、クレオール男性が要求しがちな夫の〈所有財産〉として家庭に収まってはいるものの、特に情熱を傾けるものとてない。この状況から見て、ひょっとしたら自身、薬物依存予備軍であったかもしれないエドナが自己に目覚め、敢然と自己実現に向かって生き始めるには、海と、異文化との衝撃的な出合いとが必要だったのだ。この目覚めに必須のセッティングとしてニューオーリンズは機能している。

ニューオーリンズはメキシコ湾に面しそこにはニューオーリンズから約九十マイルの距離でグランド・アイルが控えている（第二章六五頁の地図を参照）。クレオールたちの避暑地として長らくもてはやされたイル・デルニエール（ラスト島）が一八五六年、未曾有の嵐に襲われて壊滅した後、代わって登場したのがこの島である。『目覚め』においてもひと夏の間この地はニューオーリンズの一部となる。つまり市内で独特の世界を形成しているフレンチ・クオーターの名士たちが毎年この島を避暑地とし、島の一角に濃密なクレオール文化を再現するのである。彼らを特徴付ける親密さ、率直な愛情表現、性に関する臆面のなさは開放的な雰囲気の中でいっそう自由に発揮されている。そこに作者が参入させるエドナは、ケンタッキーの堅実な長老派家庭に生まれ育ったただ一人のアメリカ人女性なのだ。彼女の脳裏に浮かぶケンタッキーの広々とした大草原のイメージは、エドナと、周囲の海風と波にたわむれるクレオールとの背景の違いを視覚的に実感させる。クレオールの男性と結婚しながらもその世界に溶け込んでいなかったことは、島から帰宅後彼女が付き合うクレオール女性がすべて島で知り合った人たちであることからも明らかである。異文化との出合いの衝撃は、「ポンテリエ夫人は驚くことを止めてしまった。驚きはどこまでも続くのだからと」（八九〇）に示されている。特にエドナを驚かせ、今後の変化の伏線ともなるのは彼らの性に関する大胆さである。

一方、海もエドナにとって新しい体験であったに違いない。なぜなら、彼女は水を怖がり、泳ぎはとうてい覚えられそうにないと早々に周囲は諦めてしまったからである。海辺で過ごすことは多分はじめてと思われるエドナにとって海は極めて感覚的に捉えられている。

海の声は誘惑する。止むことなくささやき、叫び、つぶやきながら魂を孤独の深遠に潜む魔力を求めてさまよわせ、内省の迷路へと誘い込む。

海の声は魂に語りかける。海の感触は甘美で、やわらかいしっかりした抱擁で体を包む。(八九三)

メルヴィル (Herman Melville, 1819–1891) やホイットマン (Walt Whitman, 1819–1892) の場合、海は瞑想を引き起こし時空間に世界を拡大するのに比べ、ショパンの海は個を見つめさせる。そして外界との絆を次第に断ち切っていく。最終章でこの個所がほぼそのまま繰り返され、海の自意識確立に果たす機能が確認されるのである。波の音を日夜聞き、「心地よくけだるい」海風に触れ、クレオールたちの影響を日々受けながらエドナは変化していく。それは作中の言葉を使えば、「いつも彼女を包みこんでいた遠慮の衣を少しゆるめはじめる」ことであり、外界を常に意識し順応しようと努める生き方から自己の内面の声に従う生き方に転ずることである。

エドナは自分が確実に変わりつつあることに気づいている。ロベールと小船で入り江を渡っていくとき、「これ迄自分を固くつなぎとめていた錨の鎖がゆるめられて何処かへ運ばれていくような気がする」(九一五) のである。この解放感は波の動きとも連動しており、セッティングが人物の内面の変化と有機的に結び付いていることを知らせる。二人の行き先、シェニエール・カミナダの雰囲気も忘れることはできない。ケイジャンののどかなフランス語、島びとの素朴な暮らしぶりはエドナの規制からの離脱を一層促進する。思わず陥った長い眠りは彼女の再生のシンボルに違いない。

習慣や常識から眼を背け自己に忠実に生きようとすれば、先の引用からも分かるように一種の不安も生じる。しかし今はロベールの愛が彼女をつなぎとめている。新しい目で世界を見、真に生きようとし始めたエドナの意識を通してグランド・アイルの風景は生き生きと捉えられている。海へ行く途中では白い砂、両側に広がる黄色いカモミールの畑、緑の房が陽に映えるオレンジやレモンの木々が鮮やかに捉えられる。夜さえも暗さはない。ライズ嬢の弾くショパンに魂を揺さぶられたエドナが見るグランド・アイルの夜はなんと輝きに満ちていることか。

　夜は海と陸にそっと降りていた。暗黒の重さもなく、影もなかった。月の白い光が眠りの神秘と優しさをもって地上に降り立っていたのだ。（九〇七―九〇八）

と“white”, “mystery”, “softness” のイメージで受け止められている。

一方、彼女の自我が目覚めるにつれて、従来意識されなかった抑圧感が生じてくる。夫に些細なことで注意を受けたあと真夜中のポーチに出てさめざめと泣く。

　説明しがたい圧迫感が彼女の意識のこれまで気づかなかった場所に生じてきたようであって、全身を鈍い苦痛で満たした。それは影のようであり、彼女の魂の夏の日をよぎる霧のようであった。奇妙でなじみのないものであった。一つの気分であった。心の中で夫を非難したりめぐり合わせを嘆いたりしているのでもなく……ただ思い切り泣きたいのであった。（傍点筆者）（八八六）

心に射す影のような抑圧感がこれまで経験したことのないものであった点が強調される。良妻賢母を理想とする夫に小言を言われるのは珍しいことではなかったが、このように感じたことはなかったのだ。彼女は誰を恨むでもなく只目覚めてきた自我のために思い切り泣いているのだ。そして以後ニューオーリンズはこの影（"shadow"）として機能することになる。

メタファーとしてのニューオーリンズ

夏も終わり、舞台は一転してニューオーリンズに移り、エドナの邸宅の描写から作品の後半部が始まる。エドナの住むエスプラナード通り（巻頭の地図3を参照）は、ミシシッピー河からフレンチ・クオーターの一端に沿って北西方向に延びる大通りである。先述のベンフィーは読者を観光客に見立ててその通りの現状を次のように説明している。

通りの両側には十九世紀に建てられた天井の高い広壮住宅が続き、白い柱とバルコニーの黒い鉄製の飾り手擦りが特徴的である。樹木の植わった広い通りにはさらに、過去の両側住民の対立のなごりとして木々に縁取られた中立地帯も存在していて、フレンチ・クオーターのひしめき合った街路とは著しい対照をなしている。ここエスプラナードでは人はのびのびと手足を伸ばしほっと息がつける[8]。

エスプラナード通りの邸宅

人は連続する豪邸に感嘆するが、フレンチ・クオーターを後方にしてさらに前進を続けると、やがて家並みの様相が変わってくる、と記されている。エドナの家は広壮住宅の続く部分にある。では『目覚め』においてショパンは同じ場所をどのように描いているだろうか。

作品後半部が始まる第十七章冒頭部は次のようになっている。

　ポンテリエ夫妻はニューオーリンズ、エスプラナード通りにすばらしい邸宅を持っていた。大きな二棟続きの家で、通りに面した広いヴェランダがあり、縦溝彫刻を施した丸い柱が傾斜した屋根を支えていた。家は白く輝き、よろい戸は緑であった。庭は丹念に手入れされ、ルイジアナ南部のさまざまな花と木々が集められてあった。屋内では装飾品は伝統的様式に従い、完璧であった。ふかふかしたじゅうたんと敷物が床を覆い、ドアと窓には豪華で趣味の良いとばりが掛かっていた。(九三一)

以下さらに室内調度品の説明が続く。建物の外観は同じでもベンフィーの記述とは受ける印象が異なる。「フレンチ・クオーターのひしめき合った街路」から出てきて「ほっと息がつける」ような開放感はここにはない。むしろ、視線は内部へ、人工美の世界へと導かれる。今久しぶりに帰宅したエドナの目に映るのはこのように、夏を過ごしたグランド・アイルとはうって変わって富が意味をもち、伝統と秩序が重んじられる世界である。やがてエドナが「そこにいると、まるで禁じられた神殿の中にぐずぐずしていて、無数の押し殺した声に立ち去れと命じられているように」(九六八)感じることとなる場所である。このような邸宅に象徴されるニューオーリンズ自体も、目覚めたエドナの意識を通して抑圧のメタファーへと転じていく。外を見るエドナには、通りも、子供たちも、果物売りも、咲いている花々もあたかも敵対する世界のもののようによそよそしく映る。(九八三)グランド・アイルが青、白、黄色と色鮮やかなカラーの世界であったとすれば、ニューオーリンズはモノクロの世界に転じているのだ。実際には華やかで独特の魅力に富むニューオーリンズであるが、エドナの意識を通して灰色の世界へと変えられている。咲き乱れる花が描写されることもない。しかし色を失っても確実に、巨大な影のようにエドナの意識を圧迫する。それはポンテリエ氏の言う「うまくやっていくためにはしきたりを守らなければならない」社会であり、週毎の儀礼的な接待や体面を保つためのエネルギーや資金の支出が求められる社会である。さらには又、結婚という制度や伝統的な女性の役割分担を含みこむ世界である。グランド・アイルの独特の雰囲気の中で官能の経路を通して個に目覚めたエドナは、猛然とこれら束縛の打破に向かう。彼女を開眼に導いたロベールとの愛によって自己実現を果たす夢がかなわぬ今となっては、エドナはとにかく束縛からの解放に主眼を移しているのだ。火曜日ごとの接待日を廃止し、妹の結婚式にすら出席を拒否する。エドナの変化は、理解を示すマンデル医師にすら、時代の制約ゆえに、充分に把握しがたいものである。しかしエドナ自身にも、果敢に義務を一つ一つ脱ぎ捨てながら、そのあとに残る「人生の本質的なもの」が何なのかまだ明確にはなっていない。彼女に言えることは只、誰にも強制されずに「自分の好きなように行動したい、好きなように感じたい」（九三八）だけである。少女の頃当てもなくケンタッキーの草原をさまよったことがあったが、今まさにそのような気がするのも無理はない。只前進を続けながらも先に定かなヴィジョンがあるわけではなく、むしろ、自我の目覚めに伴う不安と孤独が始まっているのだ。作中、エドナの心理を表して特によく使われる語は「気落ちした」（"depressed", "in despondency"）である。

ニューオーリンズが抑圧のメタファーとして機能していることは逆方向からも明らかとなる。つまり一瞬その世界が敵対の相をゆるめ、エドナと調和する時があるのだ。抑圧を最も身近に表していた夫が商用でニューヨークに旅立ったとき、周囲の世界は突然色と意味を取り戻す。その様子を、少し長い引用になるが、先述のエドナがヴェランダから見下ろした時の町の印象と比較するため掲げておきたい。

それからエドナは家の外回りを歩き廻って、窓やよろい戸がしっかりしていて問題がないか調べた。花々は新しい友達のように思われた。彼女は親しげに近づき花の間でくつろいだ。庭はぬかるんでいたのでメイドを呼んでゴム靴を持ってきてもらった。そしてそこにしゃがんで、草木の周りを掘り起こしたり、刈り込んだり、枯葉を摘んだりした……庭は午後の陽を浴びて本当によい香りがし美しかった。エドナは見つかるだけの明るい色の花をすべて摘み、子犬も連れたまま家に持って入った。

台所ですら突然面白いものとなった。そんなことはかつてなかったのだが。(九五五)

よそよそしく別世界のもののように見えていた花々が、今では彼女の心配りを引き出す存在となっている。台所とて同じである。この突然の変化がこれまで周囲の世界がいかなる相のもとに捉えられていたかを逆に示している。しかし夫の一時的不在は真の解決でも何でもない。エドナの個の目覚めは社会的に何ら認知されず、彼女は依然としてポンテリエ氏の妻であり続けている。それと同じようにニューオーリンズもやがてまた灰色の色調の中に沈みこんでいく。

　ニューオーリンズは一方では富と美の集積でありながら同時に、それが体現する伝統と制度によって自由を求める魂には牢獄と化している。エドナの心理を反映して、ニューオーリンズの外観が興味深く再現されることは『目覚め』においては全くない。只一つ例外は、町外れにある公園内レストランである。公園の一角に据えられた緑のテーブルと木々の配置、木漏れ日がテーブルの上に市松模様を作っている様子が生き生きと述べられる。なぜならここだけがエドナが真の自分を取り戻せる場所として機能しているからなのだ。

　メタファーとしてのニューオーリンズの意味は、渦中の人ではないロベールの意識を通して、より端的に表出されている。思いがけなくもメキシコ滞在を切り上げて帰国した彼の言葉はこうなっている。「私は（あなたを妻にするという）途方もない夢を漠然ともって戻ってきました。しかし帰ってみると……」（九九二）そうなのだ。そのような夢を打ち砕く厳とした常識としきたりの世界としてニューオーリンズは立ちはだかっているのである。

　このように見てくるとセッティングとしてニューオーリンズとグランド・アイルはちょうど初期短編の都会と田舎のように明確に相互対照しているように見えるかもしれない。しかしそれほど単純ではない。グランド・アイルは女、子供を中心とした全く別天地のように見えるが、実は毎週末に夫たちが家族と合流するため島にやってくる。ニューオーリンズ社会の中枢部にいる彼らの来訪は島の単調な時間の流れの大きな節目になっており、それを中心に島の生活リズムは形成されているとすら言える。日刊紙が一日遅れで確実にニューオーリンズから届く。島のクライン・ホテルでは男たちのビジネスの話が継続している。つまりグランド・アイルには実は常にニューオーリンズの影が射しているのだ。何よりもエドナとロベールの関係自体、ひと夏が終われば必然的にニューオーリンズに吸収されていく運命にある。彼らが会い続ければそれはニューオーリンズの尺度に合わせて解釈され意味づけられる。このことにエドナよりもロベールのほうが気づいていて、「だからメキシコに去ったのです」と後に半ば告白している。

たとえエドナが気づかなくとも、グランド・アイルが微妙にニューオーリンズの影響下にあるという事実は、作品効果の点でエドナの目覚めに潜む限界と呼応するように思われる。作者が明確に意識して設定したとは言い切れない。むしろ作家の創作状況でよく言われる「書きながらそこに含まれる意味におぼろげに気づいていた(9)」に当たると考えられる。エドナはこれまでの生活の虚偽に気づき、「人生の本質的なもの」のために生きるという決意を下しているが、それが何であるかはまだ見えてこない。多分それに当たると思われる自己実現のためにも、ロベールの愛、さもなくば差し当たりはアロビン(物語後半に登場し、エドナに言い寄る放蕩者らしき男性)の性が必要なのだ。夫からの経済的自立を目指して質素な「鳩の家」に移る決心をする一方で、盛大なお別れパーティーに夫のお金を使う矛盾にも気づかない。そして定かなヴィジョンをもち得ぬまま只解放を求め、最後は一気に現世を離脱してしまうことになる。このように作者は過渡期の女性という枠をきっちり守ってエドナの目覚めを描いているのだ。エドナが新しい女性に変わり始める土地が実は微妙にニューオーリンズの支配下にあるという事実は、エドナの内に宿命的に潜んでいる時代ゆえの制約の伏線となっているように思われる。

しかしながら、エドナは当時にあって確実に一歩を踏み出している。ラティニョール夫人のように「マザー・ウーマン」に安住することもなく、少なからぬ女性がその誘惑にさらされた薬物に逃避することもなく、個を守るための戦いを開始している。歴史的な意味をもつ彼女の最後の認識はこう述べられる。

「……結局目覚めるほうがよかったのです、たとえ苦しむことになろうとも。ぼんやりと幻を追って一生過ごすよりは。」（九九六）

この「幻」（"illusions"）は自己の実体とは関わりなく外側からかぶせられる自己の虚像であろう。この語は、エドナが必死に求めようとした「本質的なもの」（"the essential"）と鋭い対立をなす。そして作者も側面から、「彼女は人間として宇宙の中の自分の位置に気づき始めていたのだ」（八九三）とこの自我の目覚めを哲学的に意義づけている。

平穏な家庭の主婦の目覚めの物語は、メキシコ湾に面した多元文化の町においてこそ可能であった。ニューオーリンズこそ異文化との濃密な出合いを用意し、その結果として劇的な認識の変化をもたらし得る場所として機能しているのである。

注

（1） Alice Hall Petry ed., *Critical Essays on Kate Chopin* (G. K. Hall, 1996), 41.
（2） *Ibid.*, 43.
（3） Valerie Shaw, *The Short Story : A Critical Introduction* (Longman, 1983), 152.
（4） ページ数は次の版による。Per Seyersted ed., *The Complete Works of Kate Chopin* (Louisiana State UP, 1969, 1998).
（5） Lynda S. Boren and Sara de Saussure Davis ed., *Kate Chopin Reconsidered* (Louisiana State UP, 1992), 203.
（6） John S. Haller and Robin M. Haller ed., *The Physician and Sexuality in Victorian America* (Southern Illinois UP, 1974, 1995), 279-283.
（7） *Ibid.*, 279.
（8） Christopher Benfey, *Degas in New Orleans* (Alfred A. Knopt, 1998), 3.
（9） *Moby-Dick* 執筆中の Melville に関する作者自身の言葉。Elenor Melville Metcalf ed., *Herman Melville : Cycle and Epicycle* (Harvard UP, 1953), 131.

第四章　シャーウッド・アンダソン

暗い笑いのモダニズム
――ニューオーリンズ時代のアンダソン

森岡裕一

『暗い笑い』(*Dark Laughter*, 1925)(斉藤光訳『黒い笑い』八潮出版社、一九六四年)第十章、主人公ブルースはかつてすごしたニューオーリンズの日々を次のように語る。「ともかく暑い」というのがまず一番の印象。それに「人々はゆっくりとした南部なまりで話して」いる。この地では、「働きたくないとき――ただ、まわりのものをぼうっと見聞きしていたいとき――体は怠けさせて頭だけを働かせたいとき、そんなときは、うまくすれば月五ドルのロフトで暮らしていける。ニューオーリンズはシカゴじゃないし、クリーブランドやデトロイトとは違うんだ、有難いことに。」そんな彼が尽きぬ興味を抱くのが、黒人の黒い肌と低くゆったりと響く彼らの笑い声である。港湾都市ニューオーリンズに出入りするさまざまな国籍の船員にもまして、彼の目を引き付けるのは「波止場の黒人、街路の黒人、笑っている黒人」であり、日曜日、教会や入り江での洗礼に出かけるとき街路を燃え立つように染める黒人女性たちの「濃い紫、赤、黄、玉蜀黍の若芽の緑」の衣服なのだ。「女たちが汗をかくと肌が褐色、金色、赤みを帯びた褐色、あるいは紫じみた褐色になる。汗が、彼女らの濃い褐色の背中を伝って流れると、こうした色合いがかもし出され、目の前で飛び跳ねる。」ゴーギャンにならって南太平洋へ行かずとも、画家にとって格好の材料がこの地にあるとも彼は言う。こうしたブルースの感慨に、異国趣味のみならず、反ピューリタン的な快楽原則肯定の人生観を読み取ることはたやすい。そして、それがそのまま、硬直した産業主義批判を専らとした作家シャーウッド・アンダソン（Sherwood Anderson, 1876–1941）の実感であることも容易に推測されうるだろう。

ラブランシュ・アパート

アンダソンとニューオーリンズとの関わりは一九二〇年に始まるが、このときは数日だけの滞在であり、本格的には、第一回ダイアル賞受賞が契機となった一九二二年一月十二日から三月四日までの滞在をもって始まる。滞在先はロイヤル通りとセント・ピーター通りの角にあるラブランシュ・アパート、レース状のバルコニーが特徴的なしゃれたデザインの三階建ての建物である。その後、いったんニューオーリンズを離れたアンダソンはシカゴ、ニューヨークを経て、二番目の妻との離婚のためのネヴァダ州リノ滞在をはさんだ後、一九二四年四月、再度この地を訪れて、ジャクソン広場に面したポンタルバ・アパートに居を定め、一九二五年の夏に至るまでニューオーリンズの生活を満喫している。それ以降のアンダソンは、ニューオーリンズには、数回の短い訪問をしたのみで終わっている。アンダソンの六十四年間にわたる人生の中で、ニューオーリンズとの関わりは、数字に直せば以上のようにのべ二年に満たないわずかな期間にすぎない。だが、アンダソンの人と文学を考える上でニューオーリンズ時代の持つ意義は決して小さくはなく、そのことを、エッセイ、小説、短編の三つのジャンルにわけて順次考察してみよう。

エッセイ

一九二二年、滞在開始から一ヶ月ほど経過した頃にガートルード・スタイン（Gertrude Stein, 1874-1946）へ宛てた手紙の中で、アンダソンはニューオーリンズを「アメリカで最も洗練された場所（civilized place）」と呼び、この地へ来て以来、筆が予想外に進む旨を喜ばしげに報告している。同じ頃、兄カールに出した書簡によると、ニューオーリンズでのアンダソンのある日の暮らしぶりはこうだ。午前中はしっかりと執筆活動に費やし、昼食をとったあと、牡蛎むきの世界チャンピオン決定戦なるものを見物、夕方は波止場をそぞろ歩きしながら鼻歌まじりで作業する黒人労働者を眺め、夜にはボクシング観戦。他の日も生活のパタンは似たようなものであったらしく、仕事と遊びとをきっちりわけ、どちらも精力的にこなしていった。それにはニューオーリンズの心地よい雰囲気が大いにあずかっている。「建物や人々、イタリア人、フランス系クレオール、黒人たちは、控え目なところが魅力的だし、根本的に洗練されていて優しい」、「アメリカ中を探しても、こんな風な日々を過ごせる場所は他にどこがあるだろうか」と手放しの誉めようである。

ポンタルバ・アパート

ニューオーリンズの印象を綴った作品に『ヴァニティ・フェアー』(*Vanity Fair*, Aug. 1926) 掲載の「ニューオーリンズ、表現主義風の散文詩」("New Orleans, A Prose Poem in the Expressionist Manner") と題された文章がある。ニューオーリンズ雑感を断片的にパッチワークした短いルースな文章で、ニューオーリンズPRの趣はあるものの、一貫した主張や明白なメッセージがあるわけではない。しかし、ここでも、窓辺に座る「褐色の肌の娘」、細い路地で歌い踊り興じる黒人の姿に強く印象づけられたアンダソン、フレンチ・マーケット近くのドゥカトゥール通りに漂う、ゆったりとした歌声に魅了され、北部大都市からの訪問者なら卒倒ものの「匂い」と「埃」と「けだるい雰囲気」を謳歌しているアンダソンの実感が伝わってくる。作品のちょうど真中で彼はこう述べる。

ニューオーリンズの洗練（civilization）は頭でっかちの（intellectual）洗練じゃない。その根っこには船があり、歌があり、ミシシッピー河がある。はるか南部の町なのだ、この町は。

アンダソンにとって“intellectual”とは、感性を知性に従属させる心のありようを指し、しばしば負の意味を持つ。あるいは感覚的喜びを抑圧する、アンダソンならピューリタン的と呼ぶであろう生き方と言ってもいいだろう。したがって、強烈な匂いと歌声が漂い、褐色の肌の女たちや労働者の姿が目を襲う港湾都市ニューオーリンズは、彼にとって、まさしく「アメリカで最も洗練された場所」であった。この散文詩ではそのへんの考察は十分には展開されていないが、そのことを真正面から論じたエッセイが、これに先立つ一九二二年三月『ダブル・ディーラー』（*Double Dealer*）に寄稿した「ニューオーリンズ、『ダブル・ディーラー』、そしてアメリカにおけるモダニズム運動」（“New Orleans, the *Double Dealer*, and the Modern Movement in America")である。

『ダブル・ディーラー』は一九二一年にニューオーリンズで創刊され一九二六年に廃刊された文芸誌で、一九二二年から一九二五年まで続いたナッシュヴィルを本拠とする『フュージティヴ』(*Fugitive*)とならびこの時期の南部を代表するリトル・マガジンである。アンダソンは一九二二年にニューオーリンズ到着後、時をおかずして『ダブル・ディーラー』のオフィスを訪ね、編集者たちと意気投合、それが機縁で前述のエッセイを寄稿している。執筆後の昼食や散歩の相手が彼らであることもしばしばだったようだし、一九二四年以降、交友の輪は『タイムズ・ピカユーン』(*Times-Picayune*)の記者たちやテュレーン大学関係者たちにまで広がり、アブサン・ハウスなるもぐり酒場をはじめ彼らがたむろする場所にしばしば顔を出し談笑を楽しんでいる。ブラックソーンのステッキを持ってたとえばバーボン通りを闊歩するアンダソンの姿はかなり人目をひいたようで、後にフォークナー(William Faulkner, 1897–1962)が『蚊』(*Mosquitoes*, 1927)(大津栄一郎訳、冨山房、一九九一年)の中で彼をモデルにドーソン・フェアチャイルドなる小説家を生み出すことになる。

問題のエッセイは、『ダブル・ディーラー』がモダニズム運動の中で果たす役割と、ニューオーリンズという場所の精神の影響を肯定的に論じたタイトルどおりのエッセイである。だが、同時にそれは、この町の雰囲気、および挑戦的な誌名をもつ若い文芸誌の心意気に共感した作家の手になる幸福な出会いの証言ともなっている。エッセイの出だしは格調高い文明論。曰く、西洋各国で生活の画一化が進行中である。かつては新聞も名編集者がいて読者ならみなその名を知っていたが今は小粒、匿名的存在となっている。伝統ある商業誌といえども広告収入に頼らざるをえず、そのため平均的読者におもねる編集となって、現実の人間は描かれず、いわんや、内面の真実は等閑視されている。しかし、開拓時代ならいざしらず、今こそわれらの人生が真に生きるに値するものかどうかを自らに問わねばならない。そのため、生活、思考全般にわたる画一化の流れに抗して個人の自己表現の道をふたたび模索するのが、モダニズム運動（the Modern Movement）であり、アンダソン自らを含むモダニストの芸術家がしていることこそ、まさにそうした営為なのだ。

エッセイの後半に入って論調は変化し、アンダソン個人の主観とニューオーリンズでの経験がストレートに描き出される。手紙にあった、例の牡蛎むきコンテストやミシシッピー河沿いに伸びるドックやそこで働く黒人労働者の印象、それからフレンチ・クオーターやボクシングの夜間試合見物のことが書かれた後、しみじみと語るアンダソンの言葉はこうである。「ここの連中はなんて幸せなんだろう。彼らは遊び方を知っている。本当に文化的な人たちだ。」しかるに、アメリカはあまりに生真面目になりすぎた、とアンダソンは嘆く。まるで「世界の救済者」の役割を演じることがアメリカに課せられた義務であるかのような風潮だ。そのような高邁な理想を追い求める前に、日々の生活をあるがままに受け入れ楽しむことが先決ではないのかと。文化的であるとは、なによりも「人生を楽しむこと、すなわち余暇および余暇の感覚を持つことを意味する」のだ。「それはまた、人生の現実に対して想像力が遊ぶ時間を意味し、本当に大事なことがらに対して真剣になる時間と活力を持つことを意味し、そして、疲れた魂をリフレッシュする、人生の根底にある喜びをも意味している」とアンダソンは言う。想像的な生活が事実優位の見方に圧倒されるとピッツバーグやシカゴで支配的な生き方に染まらざるを得ず、逆に、「生き、愛し、人生を理解したいという欲望のもとに事実の世界が従属させられたとしたら、今ニューオーリンズの旧市街で見出される魅力ある町のたたずまいがより多くのアメリカの都市で見られることになるかもしれない。」モダニズムの精神とは「成長と達成という露骨でまったく馬鹿げた喜びの上位に、生きる喜びをおくことなのだ」というのがアンダソンの結論である。アンダソンはこのエッセイを四年後に出版された『シャーウッド・アンダソンのノートブック』(*Sherwood Anderson's Notebook*, 1926) に載録するにあたり、「画一化について」("Notes on Standardization") と改題しているが、自由で奔放な生き方と快楽の追求という、きわめてアンダソン的主題を展開するうえで、ニューオーリンズという環境が果たした役割は決して小さくはないだろう。

小説

ニューオーリンズ時代の「小説家」アンダソンとなれば、『多くの結婚』(*Many Marriages*, 1923) と『暗い笑い』に尽きる。一九一九年に『オハイオ州ワインズバーグ』(*Winesburg, Ohio*)、翌年

『貧乏白人』(*Poor White*)、さらに一九二一年に短編集『卵の勝利』(*The Triumph of the Egg*)を出版、同年「有望作家」に与えられるダイアル賞を受賞したアンダソンはまさに作家人生のピークを迎えていた。私生活では、妻テネシーとは不仲、のちに三番目の妻となるエリザベス・プロールと出会うなど、一つの結婚が壊れ、新たな結婚が生まれんとする過渡期にあたっていた。

そんななかで書かれた『多くの結婚』は題名も示唆的なうえに奇妙な小説である。主人公は、父の残した小さな洗濯機製造会社を経営する四十前のジョン・ウエブスター、妻と十七歳の娘がいる家庭持ちだ。彼はある日突然、喜びのない結婚生活を続けていくことに耐えられなくなり、それまで気にもかけなかった秘書に恋をし、彼女と二人で妻と娘のもとを去る。これが、この小説の主要な筋であって、アンダソンの伝記でおなじみの逃避モチーフを核にした不倫小説と言えなくもない。特異な点は、彼が娘に、ここに至ったいきさつを延々と語る場面がこの小説の大部分を占めること、それも、ジョンの意識の流れにしたがって時間が自由に前後するなど、『暗い笑い』でさらに徹底される手法に果敢に挑戦していることである。この作品の「結婚」とは、心の交流をふくむ男女のさまざまな結びつきを表していて、結婚当初の妻との関係、秘書と主人公の互いに対する意識の目覚め、さらには、一人前の男と女として向かい合う主人公と娘の関係にも用いられる。だが、根本には制度の枠を越えた男女の自由な肉体的つながりが強く意識されている。

小説自体としては、妻、娘、秘書など主人公を取り巻く女性たちの内面がほとんど描かれず、彼が身勝手な男のファンタジーと自己弁護を繰り広げるエゴセントリックな作品という域は出ないだろう。だが、精神の閉塞状況を示す「壁」「井戸」といったメタファーの使用と、肉体を家にたとえ、人はそれぞれの家を清潔に保ちながら、扉を開け放ち、自由な出入りを許しあうべきだという類の比喩は、やはり、『オハイオ州ワインズバーグ』の作家のものである。この作品では、とりわけ、自然なるものへの傾斜が顕著であり、それは、性衝動という人間の本性を見つめる視線においていっそう明瞭である。アンダソン自身この作品を評して、「ぼくは肉欲への情熱をなんとか描こうとした。だけど、少し露骨過ぎたかもしれない。読者はぼくの中のラテン的なものを受け入れる心の準備がなかったかもしれない」（一九二三年十一月十六日付け書簡）と書いている。

『多くの結婚』を構想し着手したのがニューオーリンズ来訪以前であることはまちがいない。だが、作品の大部分を執筆したのはニューオーリンズにおいてであり、これまで述べてきたように、ラテン的要素の色濃い土地柄がアンダソンの中の「ラテン的なもの」を刺激したとしても不思議はない。その小さな表れが、彼が借りたアパートの部屋の様子である。「暖炉の上の壁には聖母マリアの絵がかけられ、そのそばに二本のガラス製燭台が十字の形をなしていて、そこには十字架にかけられた青銅のキリスト像がおかれていた」（一九二二年二月二日付け書簡）。アンダソンは「だからぼくはカトリックになって」午前中はしっかり執筆に励むという「品行方正な生活を送っている」とおどけた調子で書いている。だが、この光景に彼は強い印象を受けたようで、第二巻第三章、主人公が肉体の神聖さに思いをめぐらしながら夜毎、肉体を包み隠す衣服をはぎとって裸で自室を歩き回る場面で、ほとんどそっくりの設定が、神秘的雰囲気をかもし出す小道具として採用されている。

今までに出されたアンダソンの伝記、評伝の類に欠落していた、小さな、だが、興味深い事実は、ニューオーリンズにおけるアンダソンと、ある女性との出会いである。ウォルター・ライドアウトが当の人物に直接おこなったインタヴューに基づく報告によると、彼女の名はアダライン・カッツ、ニューオーリンズの銀行家の娘で、当時二十代前半だったとおぼしき女性である。アンダソンは彼女と『ダブル・ディーラー』の事務所で出会い意気投合、「デート」を重ねている。プラトニックな関係ではあったらしいが、アンダソンは彼女にかなり熱をあげ、彼女の方も『多くの結婚』の原稿清書を手伝うなど、きわめて良好な関係であったようだ。ライドアウトは、彼女が『多くの結婚』に登場する娘のモデルだとしている。作品では、娘に対し主人公が近親相姦的な感情を抱くことが示唆されているから、アダライン嬢がインスピレーションとなったことは大いに考えうる。さらに、ジョンが恋に陥る秘書の年齢ははっきり書き込まれていないものの、こちらの人物との関わりにおいても、彼女との交際が影響していた可能性が考えられるかもしれない。いずれにせよ、アンダソンは一九二二年の滞在中に彼女とロマンティックな日々を謳歌し、その後、いったん北部へ戻った際に出会ったエリザベスと『多くの結婚』出版後一年ほどで再婚、二度目の滞在は新妻らと楽しんでいる。その間、彼はマリエッタ・フィンレイという長年の「親友」と親密な手紙のやり取りも続けていた。アンダソン自身の人生における「多くの結婚」にニューオーリンズは色濃く関わっていたのである。

一九二四年七月に着手した『暗い笑い』をアンダソンは一気呵成の勢いで書き、早や十月には第一稿を仕上げている。「恋人たち」「恋愛と戦争」「深い笑い」といったいくつかの仮題を経て現在のタイトルに落ち着いたこの小説は、前作同様、不倫小説である。主人公ブルースは三十四歳、かつてシカゴで新聞社に勤めていたが、小説家の妻とその取り巻き連中の空疎な言葉の遊びと不毛な都市生活に嫌気がさし、突然、妻と職を捨て旅に出る。マーク・トウェイン（Mark Twain, 1835–1910）にならい、ニューオーリンズまでミシシッピー河沿いに南部各地を放浪した後、現在はオハイオ州の自動車車輪工場で塗装工として働いている。その彼が、工場の所有者の妻で、実業家肌の夫に物足りなさを感じているアリーンとひかれあい、結局、二人で新しい人生を模索すべく旅に出るというのが主要なプロットである。前作では主人公の意識の流れに集中していた記述が、この作品では、アリーンの意識、彼女の夫の意識にまで対象が広がり、人物間の交渉が多面的に扱われている分、小説としての面白さは増している。

テーマ的には、前作でも追求された性衝動の肯定が、この作品では、シカゴに代表される都市の喜びのない生活と対照的に扱われている。そのような紋切型の図式を持つ小説がそれなりの商業的成功を収めた背景には、タイトルにもなっている、作品随所で響き渡る黒人の笑い声が、官能の喜びに身をゆだねることで自己解放を図らんとする登場人物たちの思いを伝える雰囲気作りにあずかって、多分に情緒的ではあっても、それなりの効果を上げていることが大きいだろう。そして、黒人の笑いに象徴される性的能力や生命力とアンダソンが理解したものこそ、アンダソンがニューオーリンズにおいて実感したものである点については、すでに再三ふれておいた。

二〇年代アメリカ全般について言えることであるが、土地柄もあって、『ダブル・ディーラー』が積極的にジーン・トゥーマー（Jean Toomer, 1894-1967）やラングストン・ヒューズ（Langston Hughes, 1902-1967）らの作品を書評するなど、黒人の生活や文化に対する関心が高まっていたことも背景にはあるだろう。アンダソン自身、トゥーマーに書き送った手紙の中で、「あなたがた黒人の内部から湧き上がってくるとぼくが感じる、澄みきって美しいものの正体を見極め、ぼく自身表現したいと切に願っていましたが、結局、あきらめました」（一九二二年十二月二十二日）と書いている。同じく、一九二四年一月三日付けの書簡では、ニューオーリンズで見聞した黒人労働者の躍動感を「彼らは歌っていました。いや彼らの肉体が歌っていたのです」と言う。黒人の持つリズム感、活力、自然なふるまいに素朴に反応したアンダソンは、『暗い笑い』において、一度はあきらめたはずの試みにふたたび挑戦し、黒人に対するナイーヴな思い入れをストレートに作品に投影した。その率直さが、少なくとも当時の読者に好感をもって迎えられた要因の一つではないだろうか。

『暗い笑い』のねらいは、自意識過剰でせわしなく神経症的な現代生活と、ゆったりとして神秘的な黒人の笑いとの「オーケストレーション」にあるとアンダソンは言う。そのために意識の流れの手法を用い、黒人たちが歌う性的含意に満ちた歌を反復・挿入するなど、彼なりに精一杯の工夫をこらしている。だが、それが生真面目に追求されればされるほど、本来、長編作家の資質に欠けるアンダソンの弱点が露呈して、後輩作家の揶揄の対象にされてしまうことになる。第一部を「赤と黒の笑い」と題したヘミングウェイ（Ernest Hemingway, 1899–1961）の『春の奔流』（*Torrents of Spring*, 1926）は、さしずめその代表格だろう。だが、その後交わされた二人の私信を見ると、「あんたはミドルウエイト級のチャンピオンなんだから」大目に見てほしいというヘミングウェイの言葉も、案外、本音を語っているのかもしれない。あるいは、『シャーウッド・アンダソンとその他の著名なクレオールたち』（*Sherwood Anderson and Other Famous Creoles*, 1926）に付した序文で、明らかにアンダソンの文体を模したフォークナーにしてみても、その後のアンダソンとの関わりや『蚊』における扱い、そして、アンダソン没後のオマージュという点を割り引いても、なおかつ誉めすぎと思えるほど最大級の賛美を与えた『アトランティック』（*Atlantic*）（一九五三年六月）掲載の文章を考慮すると、アンダソンへの敬愛の情が感じられる。言ってみれば、アンダソンは、後にアメリカ文学の巨匠となる彼らの、甘えの対象であったのかもしれず、ある文学案

スプラットリングの描いたアンダソンのスケッチ

内にある「ニューオーリンズのガートルード・スタイン」という表現もあながち的外れではないように思える。そして、それは、ニューオーリンズにおいて、アンダソンが生産的で充実した日々をすごした、一つの証にもなっているように思われる。

短編

アンダソンが得意とする短編においても、ニューオーリンズ時代は名作「南部での出会い」("A Meeting South", 1925『ダイアル』(*Dial*) 誌)(橋本福夫訳『アンダスン短編集』新潮文庫、一九七六年)を生み出している。それには、フォークナーとの出会いという、双方の作家にとって幸せな出来事があった。彼らの交友を彩るエピソードは数々あるが、なかでも、講演旅行でアパートを空けたすきに居候を決め込んだフォークナーをアンダソンが厄介払いしたときの話は面白い。帰ってきたアンダソンはうっとうしさを感じ、彼をたまたま空き部屋を持っていた友人宅へ送り込む。その代わり荷物だけは預かるという配慮は示したが、フォークナーの「荷物」というのは大部分、大きなコートのポケットに詰め込まれた半ガロンの密造コーンウイスキーのビン八本ほどであったという。もっとも、この話は一九四二年版の『回想録』(*Sherwood Anderson's Memoirs*)に書かれていることで、例によって事実と虚構がないまぜになったアンダソン的世界の話である以上、酔いどれ作家フォークナーを強調せんがための脚色かもしれない。

「南部での出会い」は、「わたし」すなわちアンダソンと、フォークナーがモデルとおぼしき酔いどれ詩人デビッドとの出会いを描いた短編である。デビッドは戦時中の飛行機事故で足が不自由になり、痛みを抑えるためウイスキーの力を借りなければ眠ることもできない。「わたし」は彼をサリーおばさんなる女性の家へつれていく。この女性、かつては酒場や売春宿を経営して荒稼ぎをしたが、今ではすっかり足を洗った人物である。彼女は、一目でデビッドの悩みを見抜き、だまって家の中からウイスキーのボトルを取り出す。蔓生植物の茂るスペイン風中庭で、デビッドも足の痛みを忘れ、郷里の農園で糖蜜作りの作業をしていた黒人たちの歌声や、ときには刈りとって積みあげた砂糖キビの山の上で愛し合う若い黒人男女の様子などを話す。やがて、彼は、バナナの木が広い影を投げかける中庭のレンガ敷の上で、胎児のごとく体を丸め安らかな眠りにつくのだった。

サリーおばさんのモデルは、ローズ・アーノルドおばさんと呼ばれる赤毛で、六フィートを超える大女。彼女は姉御肌の気風で知られ、ニューオーリンズでは知る人ぞ知る存在だったという。彼女の経営する下宿屋は、もっぱら愛の交歓を求める男女に提供されていて、有名な歓楽街ストーリーヴィル閉鎖後もけっこう繁盛したらしい。その彼女を脚色した六十五歳になるサリーおばさんが示す母性、ラテン文化が色濃く残るニューオーリンズやプランテーションでの黒人の生活の一端、それに、むろん、シェリー風の詩を書くアルコール依存の詩人デビッドとの交流など、さまざまなモチーフが組み合わされたチャーミングな作品がこの短編である。原題 “A Meeting South” (*Death in the Woods and Other Stories*, 1933 所収）（『森の中の死、その他の物語』）は「南部での出会い」と訳せば、一義的には「わたし」とデビッド、あるいはサリーおばさんとの出会い、デビッドと彼女との出会いを意味する。だが、「南部との出会い」と考えた場合、それは中西部作家アンダソンと南部ニューオーリンズとの出会いをもまた意味しているのだろう。ニューオーリンズ時代のアンダソンをまさしく垣間見させる作品となっている。

アンダソンとフォークナーの出会いをめぐっては、もう一つ、アル・ジャクソン物語を見逃すわけにはいかない。名将アンドリュー・ジャクソンの末裔を主人公にした、いわゆるホラ話をフォークナーが小耳にはさんだことがきっかけで、彼らはこの題材を作品化すべく、互いの意見を述べ合ったり手紙で交換したりしている。フォークナーの初期書簡集にある一九二五年三月下旬の手紙によると共同執筆の計画すらあったことが示唆されており、二人の作家の作品生成過程を考える上で興味深い材料を提供している。現存する資料としては、『アンダソン書簡集』（*Letters of Sherwood Anderson*, 1953）一三八番のフォークナーへ宛てた手紙と、『ウイリアム・フォークナー未収録短編集』（*Uncollected Stories of William Faulkner*, 1979）に「アル・ジャクソン」（"Al Jackson"）と題して収められているフォークナーからの二本の手紙、それからフィクションとしては、小説中、一日目の午後二時と四日目の午後七時にフェアチャイルドが語る物語として組み込まれた『蚊』の一部分、そして、自身が経営する田舎町の新聞にアンダソンが載せた「ある魚屋の物語」（"The Fishmonger's

Tale", 1929）の合計五つである。

フォークナー版の物語は、ジャクソンの子孫が沼地で羊を飼ううちに羊が魚に変身した話と、羊をつかまえようと水の中に潜んでいるうちにサメに変身し、あげくはブロンド女性ばかりを襲う好色なジャクソン一族の末裔の話が中心だ。一方、アンダソンの物語は、女性に言い寄られて怖くなったアルが沼地へ逃げのび、捕まえたネズミイルカと仲良くなって沼での生活を楽しむ。彼の紹介で多くの魚たちと知りあったアルは、巧妙に魚たちを誘い、手厚い弔いの約束と引き換えに彼らを売って金儲けをする。久しぶりに人間世界に戻ったアルの足にはいつのまにか水かきが生えており、恥ずかしさのあまり彼は編み上げの議員靴を脱ごうとしない。この物語には、アルのお伴をしてきたネズミイルカが陸にいるうちに泳ぎ方を忘れ、水に戻ったとたん溺れ死んだというオチまでついている。

二人の作家のうち、どちらが小説化するうえで主導権をにぎったかについては、六〇年代に『アメリカ文学』（*American Literature*）誌上で小さな論争があった。だが、そのときはアンダソンの短編の存在は知られておらず、また、問題の設定自体、それほど意味あるものとも思えない。むしろ注目すべきはアンダソンの語り口である。当時新進作家であったフォークナーの方は、後の文体に比べれば比較的すっきりとした文章で書かれており、その分、語りの印象は薄い。他方、アンダソンの短編は、例によって脱線と軌道修正、不必要な固有名詞へのこだわり、ディテールへの執着が、反復の多い、それでいてリズミカルな文体で語られ、まさに開拓時代のホラ話を髣髴とさせる生き生きとした

ジャクソン広場の銅像

仕上がりとなっている。

どの要素を生かし、何を省くかについて二つのヴァージョンのディテールは微妙に異なっている。だが、そもそも話の発端にあって両方の物語のキーとなっているのが、ジャクソン一族の「欠陥」たる水かきのある足だ。そして、アンダソンのアパート間近の広場におかれたアンドリュー・ジャクソンの銅像が履いている「議員靴」が、その下にかくされた水かきのある足というイメージを育んだとすれば、この物語の誕生に、フォークナーとの出会い以上に、ニューオーリンズという場所が深く関わっていることになる。

ニューオーリンズを去ったアンダソンはヴァージニア州マリオン郊外に農場を買い求め終生の地とした。私生活では、その後、もう一度離婚と再婚を経ている。執筆面では、一九三三年に『森の中の死、その他の物語』という優れた短編集を発表しているが、かつての輝きはもはやみられない。ニューオーリンズ滞在は、まさに作家人生で脂の乗り切ったアンダソンにとって、実り多き幸福な時間を提供してくれた「南部で／との出会い」だったのである。

第五章　ウィリアム・フォークナー

フォークナーとニューオーリンズ
——二つの世界の対立・ニューオーリンズ対ジェファーソン

岡地尚弘

はじめに

ウィリアム・フォークナー（William Faulkner, 1897-1962）と言えば、アメリカの深南部ミシシッピー州に生まれ育った作家であり、ミシシッピーを舞台に架空の場所、ヨクナパトゥファー郡ジェファーソンを創造し、そこで起こるさまざまな出来事を書き記した事で有名である。したがって、同じ深南部であるが、ルイジアナ州ニューオーリンズが彼の小説の舞台になるのは五冊程度で、「ヨクナパトゥファー・サーガ」と呼ばれる彼の作品群に比べて、きわめて数が少ないのは周知の事実である。しかしフォークナーの生涯、あるいは、作品におけるニューオーリンズに対する言及の仕方から考察すると、この場所はジェファーソンと好対照を成すところとして、彼にとってかなり重要な位置にあったと言うことができる。

まず彼は、一九二五年作家としての修行時代に、この時代の作家の例に漏れずヨーロッパへ文学修行の旅についている。ただ彼は旅立ちの直前にニューオーリンズに半年ほど滞在し、当地の新聞『タイムズ・ピカユーン』（*Times-Picayune*）、文芸誌『ダブル・ディーラー』（*The Double Dealer*）等に短編を発表している。

これらは後に『ニューオーリンズ・スケッチズ』（*New Orleans Sketches*, 1957）として一冊の短編集になるが、この中には後のフォークナーを考える上で、かなり重要な作品が含まれている。他にニューオーリンズを舞台にした作品としては、一九二七年に発表された長編『蚊』（*Mosquitoes*, 1927）一九三五年の『パイロン』（*Pylon*）などがあるが、ニューオーリンズがこの二作品にとって必要不可欠な場所であるということはないように思われる。しかし次の大作『アブサロム、アブサロム！』（*Absalom, Absalom!*, 1936）では、ニューオーリンズは、この作品の構成上、前の二作品に比べてかなり重要な位置を占めているように思われる。

それでは、『ニューオーリンズ・スケッチズ』と『アブサロム、アブサロム！』を中心に、他の二作品にも言及しながら、年代を追ってフォークナーとニューオーリンズとの関わり合いを考察してゆきたい。なお、翻訳としては、四作品とも冨山房発行の『フォークナー全集』に納められている。

ニューオーリンズ時代

修行時代フォークナーは、「失われた世代」に属する作家の例に漏れずヨーロッパに滞在している。ただその直前、彼はニューオーリンズに滞在し、シャーウッド・アンダソン（Sherwood Anderson, 1876-1941）との交友を得て、作家として有意義な時を過ごしている。この時代、フォークナーは詩集を一冊出した程度で、作家としては、例えばヘミングウエイ（Ernest Hemingway, 1899-1961）やフィッツジェラルド（F. Scott Fitzgerald, 1896-1940）などとは比較にならないほど知名度は低かった。作家としての基盤も固まっていなくて、焦りのようなものがあったかもしれない。それが『タイムズ・ピカユーン』や『ダブル・ディーラー』に短編が掲載されるにつれて、書くことに対する喜びと自信が沸いてきたようだ。この時期に母親に送った手紙にその時の彼の気持ちがはっきりと表れている。

「『タイムズ・ピカユーン』に私の一連の短編が載るのは、次の日曜日からになります。……興味深いのは、私がこの地でかなり名前を知られていることです。私に会いにきたり、誘い出してくれる人がいます。私はじっと座って偉そうな顔をし、気の利いた事を言うのです。今日の他の地方新聞に私の写真が載っています。(1)」実際には、新聞や文芸誌に短編が掲載されたのもシャーウッド・アンダソンのお陰で、特にフォークナーの実力ばかりではないのだが、とにかく、作家として自分の将来に期待を持てるようになったと言う意味で、ニューオーリンズは彼にとっては重要な場所なのだ。

さてそれでは、ニューオーリンズ時代に執筆した短編を集めた『ニューオーリンズ・スケッチズ』で、この場所がどのように描かれているかを検討してみたい。

まずこの短編集にはニューオーリンズという都市に関しての、プロローグ的な一連の小品が置かれている。その最後の小品「旅人」("The Tourist", 1925) に次のような描写が出てくる。

――ニューオーリンズ。年増ではないが、もはや若くもない高級娼婦。今は昔の栄光の幻影を保とうと太陽の光を避けている。彼女の家の鏡はみんなくもり、枠は光沢を失っている――彼女の家のすべては、年と共にかすみ、美しくなる。色褪せた錦織の長椅子に優雅に身を横たえ、香水の香りを漂わせる。衣のひだは、古《いにしえ》の折り目に整えられている。過ぎ去った、今より優雅な時代に生きている。

迎える客はほとんどいないが、彼らは永遠の黄昏を通って彼女のもとへとやって来る。多くは語らないが会話を支配し、声は低いが退屈ではなく、人工的ではあるが、あでやかさはない。彼女に選ばれなかった男は、永遠にその門の外で待たねばならない。

ニューオーリンズ……熟年男の心をしっかりと摑み、若者はその魅力に応ぜずにはいられない高級娼婦。そして彼女の元を立ち去る男は、乙女の茶色でも金色でもない髪と恋人が抱かれて死を迎えたことのない白く氷のような胸を一度は追いかけてみるものの、彼女がもの憂げな扇子ごしに微笑むと、ふたたび彼女の元へと帰ってくる……ニューオーリンズ。[2]

何と異国情緒漂う、幽玄で妖艶、退廃的で背教的な描写だろう。フォークナーのニューオーリンズに対するイメージは、終始一貫上記のような、摑み所のない神秘的なものであった。そしてこの世界はフォークナーが育ったミシシッピー州、オクスフォードの町と見事な対照を成している。つまり上記の引用の「高級娼婦」と「乙女」との対照なのだ。さらにこの対照は大作『アブサロム、アブサロム！』において重要な位置を占めることになるが、その前にフォークナーは自分が生まれ育った所、ミシシッピーの片田舎の小さな町が、書くのに値する重要な場所であることに気がつかねばならない。それに気づかせてくれたのもまた、シャーウッド・アンダソンであった。

「君は出発すべき場所を持たねばならない……君は田舎の少年だ。君が知っているすべては、出発点であったミシシッピーの小さな切れ端のような土地なのだ。しかしそれはそれで良いんだ。それもまたアメリカなのだから……。[3]」ただフォークナーは、同じ「アンダソンについてのノート」("A Note on Sherwood Anderson", 1953) というエッセイの中で、書くことに対するアンダソンの限界についてもはっきりと述べている。フォークナーにとって彼は乗り越えなければならない父親のような存在であり、そうしなければ先へ進めなかったのだろう。このアンダソン批判は、長編の二作目『蚊』の中でも繰り返される。

『蚊』はニューオーリンズに住んでいる芸術家達が、パトロンの女性が主催する舟遊び中、船が座礁してしまい、暇な時間を埋め合わせるために、あまり意味のなさそうな芸術論を戦わせるという作品である。その芸術家の中の一人、小説家のフェアチャイルドが、アンダソンを戯画化した人物だと言われている。この人物は集まった芸術家の中でもリーダー格であるが、船中酒ばかり飲んでパトロンを困らせ、その行動もきわめて子供っぽい。小説の構造を考察しても、ニューオーリンズのフレンチ・クオーターに住む芸術家のばかげた会話ばかりが目立ち、およそ生活臭のない虚無的な作品である。もちろん『蚊』は、ニューオーリンズに住む芸術家達を批判するためにだけ書かれた作品ではなく、ゴードンのような言葉よりも自分の創作に集中する芸術家も登場する。しかし、次の作品から「ヨクナパトゥファー・サーガ」が始まることを考えると、フォークナーは、この作品によりシャーウッド・アンダソンを含めたニューオーリンズ的な世界、耽美的で退廃的な世界に別れを告げたと言えるのではなかろうか。

とは言うものの、ニューオーリンズ的な世界がフォークナーの心から全く姿を消したという訳ではない。それは、「中心」に対する「周辺」という形でフォークナーの中に存在し続ける。「中心」と「周辺」、これをフォークナーの作品に当てはめてみると、「中心」がミシシッピー州ヨクナパトゥファー郡ジェファーソンであり、「周辺」が、テネシー州メンフィスであり、またルイジアナ州ニューオーリンズであるということができよう。

文化人類学的に言えば、「中心」を強調するためには、「周辺」もまた強調されなければならない。輪郭が明確でなかったら、「中心」もまたぼやけてしまうからである。この意味で「周辺」に当たる両都市は、ジェファーソンに比べはるかに大きな都市であり、フォークナーの世界ではメンフィスには犯罪の匂い、ニューオーリンズには快楽的な匂い、と描き分けられているように思える。いずれにしても保守的なコミュニティ中心のジェファーソンの生活とは好対照を成す「周辺」の世界を作り上げている。

上述の対照の原形を示す意味で『ニューオーリンズ・スケッチズ』の中に「サンセット」(“Sunset”)という注目すべき作品がある。この短編は、『クラリオン・イーグル』(*The Clarion Eagle*)紙の客観的な記事から始まる。その記事とは、ある黒人男性が三人もの人を殺害し、州兵からの一斉射撃を受け死亡した。この凶行の動機は分からない、多分精神に異常をきたしたのであろう、というものだ。そこから過去に戻り、黒人男性の犯行の原因が徐々に明らかにされてゆく。

この男はミシシッピーの片田舎の小作人で、アフリカへの帰還を説くマーカス・ガーヴィー(4)の運動を牧師から吹き込まれ、その気になってニューオーリンズまで苦労を重ねて出てきた黒人である。彼はアフリカのある場所も知らない素朴な人物で、船に乗ればどうにかなると思い込み、港があるニューオーリンズまでやってきたのだ。結局彼は白人の船長に騙されて、金を巻き上げられた上、ミシシッピー河を溯るナチェス行きのフェリーボートに乗せられ、途中でアフリカに着いたと言われ下船する。アフリカには、「野蛮人」や「熊やライオン」などの猛獣がいると思い込んでいたこの男は、闇の中のわずかな生き物の気配に反応し、銃を発射する。実際には、それは人間で、彼は州兵に追い詰められて撃ち殺されるという話である。

この作品で特に注目されるのは、悲劇的なストーリーであるにもかかわらず、アフリカを挟んでなされるちぐはぐな会話の可笑しさであり、都会へ紛れ込んだ田舎者の滑稽さである。そこには、田舎に対して都会がもつ優越感がはっきり見て取れる。たぶんこの時期のフォークナーにとっては、ニューオーリンズこそが「中心」でミシシッピー州は「周辺」であったのであろう。青年が都会に憧れるのは自然である。しかしここで見逃してはならないのが、この素朴な黒人男性を通して描かれる労働に対する賛美であり、ミシシッピー州の小さなコミュニティに対するフォークナーの温かい眼差しである。一斉射撃を受ける直前、この男は次のように夢想する。「……明日になれば、白分は家にいることだろう。ボブさんに優しい声で叱られて、いつもの仲間と一緒に働き、笑い、喋るのだ。」(5)このる黒人の夢想は、白人の地主の温情主義を肯定するような、人種関係から言えば大いに問題になる文であるが、ここにはニューオーリンズにはない濃厚な人間関係が温かく表現されている。このようにフォークナーは、華やかな都会生活の中でも常に地方のコミュニティに対する視線を持ち続けることができる、きわめて複眼的な作家なのだ。結局フォークナーは『蚊』の不評もあって、自分が生まれ育った「小さな土地」が書くのに値する場所であることに気づき、帰還するのである。

『パイロン』から『アブサロム、アブサロム！』へ

フォークナー自身の言葉によれば、『パイロン』は、『アブサロム、アブサロム！』の気晴らしのために書かれたということだ。(6) 確かに過去を構築すると言う『アブサロム、アブサロム！』の世界と、『パイロン』の現代性は正反対の方向を向いていて、気晴らしにふさわしかったのであろう。

『パイロン』は、一九三四年、ニューオーリンズにあるシューシャン飛行場の落成記念での競技飛行大会に題材を取った作品である。物語は、一人の女性ラヴァーンに対し、競技飛行士ロジャー・シューマンとパラシュート降下士ジャック・ホームズの二人が同時に夫婦関係を持ち、子供が一人いるが、どちらの子か分からない、と言う一家を描いた作品で、そこに飛行機の整備士ジグズ、名前が明らかにされない新聞記者などが絡んで描かれる。

中心になる世界は、都会生活の不毛性、実態の無さである。特に競技飛行士達は、機能的な都会生活に娯楽を提供している訳だが、コミュニティの文化の中には存在していないが故に根無し草的である。フォークナーは彼らについて、「彼らは、カゲロウであり、現代の情景の表面に表れた現象でした。……彼らは神の領域の外側にいたのです。品位や愛の外だけでなく神の領域の外にいたのです」(7)と述べている。彼らが、コミュニティにからみとられているジェファーソンの人々と対照を成してい

るのは、はっきりしている。またこの対照は、ジェファーソンとニューオーリンズという二つの場所の対照でもある。南部の小さな田舎町の持つ温かみ、自然ののどかさ、家庭料理の匂いといった特性に対し、『パイロン』に描かれるニューオーリンズの描写は、「その町（ニューオーリンズ）では、かさぶたをかぶったような背の高い木の幹が、昔ながらの田舎の想いから生まれてきた、怪物じみた箒草のように、ずたずたの棕櫚《しゅろ》の葉を伸ばし、昨夜ガタガタと練り歩いたナイル屋形船が今は横臥している怠惰な舞台は、今日が当番の白衣の清掃人たちに踏まれ、消火栓から出た水の流れる排水溝では、踏みつけられたぴかぴか光る星型の紙屑が、縞模様を織り出していることだろう。(8)」ここでは、『ニューオーリンズ・スケッチズ』に描かれた表現よりもはるかにその不毛性が強調されている。「カゲロウ」のような人々が住む場所としては、まさに最適であろう。この「不毛性の強調」は、「周辺」としての輪郭の強調であり、『アブサロム、アブサロム！』では、さらに鋭さを増してこの対照が描き出される。

『アブサロム、アブサロム！』の世界

『アブサロム、アブサロム！』はニューオーリンズに言及したフォークナー小説の中で、最も重要で有名な作品である。もちろんこの作品の主な舞台は、ミシシッピー州ジェファーソンではあるが、ニューオーリンズが、ある点でこの作品の要の一つになっている。と言うのも、伝統的な南部の過去を

構築してゆくという作業が『アブサロム、アブサロム！』のテーマの一つであるので、特異な過去をもつニューオーリンズは強いインパクトのある「周辺」を形成することになるからである。

まずこの作品の大きな特徴は、幾層にも重なった「語り」を通して白人の主人公トマス・サトペンの生涯が語られるところにある。

一八〇七年、サトペンはヴァージニア州の山岳地帯に生まれた。彼が十歳のとき、サトペン一家は山を下り、東方に旅してくる。旅の途中、大きなプランテーションの屋敷に使いに出され、そこで「サルのような黒人」から「裏へ回る」[9]ように言われる。この経験はサトペンに大きなショックを与え、その結果、彼はある「計画」を持つようになる。その「計画」とは、自分を侮辱したプランターと戦うためには、自らもまたプランターにならなければならないと言うことだった。彼は単身ハイチへ渡り、砂糖の大プランテーションの監督になる。おりしも起こった奴隷の反乱を鎮圧した功績が認められ、プランターの娘であるユーラリア・ボンと結婚することとなる。しかし彼女に黒人の血が混じっていることを知り、彼女と、彼女との間にできた一人息子チャールズ・ボンを捨てる。

一八三三年彼はどこからともなくジェファーソンに現れ、大プランテーションを建設し、ジェファーソンの実直な商人の娘エレン・コールドフィールドと結婚し、ヘンリーとジューディスという二人の子供をもうける。

ここまでは、「計画」通り万事順調に進むが、ここから最初の妻と息子の復讐が始まる。その復讐とは、チャールズ・ボンが偶然を装いヘンリーとミシシッピー大学で同級生になる。ヘンリーとボンは仲良くなり、ヘンリーがボンを自分のプランテーションに招待する。そこでボンはジューディスと恋に落ち二人は婚約する、という筋書きである。もちろんボンとジューディスは近親相姦で、それを止めさせるためには、サトペンはボンが自分の息子であることを認知しなければならない。この「認知」こそが復讐なのだ。というのも、もし認知したら、自分の家系に黒人の血が混じることとなり、彼の「計画」自体が崩壊してしまうからだ。

結果としてトマス・サトペンは、ボンに息子と呼びかけることは決してせず、ヘンリーにボンの「血」のことを知らせる。ヘンリーは、近親相姦と、それ以上に異人種婚を避けるために、ボンを撃ち殺し失踪してしまう。息子を失ったサトペンは、南北戦争によって荒廃したプランテーションを前に、貧乏白人ウォッシュの孫娘に男の子を生ませることにより三度目の家族作りを試みる。しかしできた子は女の子で、サトペンはその孫娘と女の子を無情にも捨ててしまう。そして逆上したウォッシュによって殺害される。

以上がサトペンのストーリーであるが、前述したように、この作品の特徴は、重層した「語り」によりサトペン一家の像が形成されてゆく所にあり、その「語り」の信憑性が大いに問題になる。つまり、語る人物が、サトペンに対して何らかの深い思い入れを抱いている場合か、または実際にサトペンが生きていた時から時間的に、あるいは空間的に遠く隔たっている場合、我々読者のサトペンに対する知識は、ほとんど推測にならざるを得ないのだ。実際サトペン一家を語る人物達は、決して客観的に語ろうとはせず、自分達の「思い入れ」や解釈を交えて語るので、サトペン一家の像には歪みがあるに違いない。『アブサロム、アブサロム！』の面白さは、この作品がサトペン一家を語る人物達の物語でもある、という所にある。しかも、読者自身もまたサトペン一家を解釈する役割を担うこととなる。

ところで、サトペンの大プランテーションがあるジェファーソンと言えば、バイブル・ベルトと呼ばれる深南部の町であり、禁欲的なピューリタニズムの伝統が色濃く漂う場所というイメージが強い。一方ニューオーリンズは、同じ深南部であるルイジアナ州に位置しているのであるが、その町の規模と言い、文化的な背景と言い、ジェファーソンとは全く異なる世界である。

さらに言えば、この二つの町の差は、ジェファーソンで生まれ育ったヘンリー・サトペンと、ハイチで生まれニューオーリンズで成長したチャールズ・ボンの、二人の異母兄弟の対照でもある。

ヘンリー・サトペン、この小説の中心人物トマス・サトペンの息子ではあるが、母方のコールドフィールド的な「めんどう臭い道義と正邪の理法とを受け継いだ」（一二〇）青年、つまりピューリタン的な人物であり土の匂いのする素朴な青年である。作品の中では、特にヘンリーのピューリタン的な性格が執拗に言及される。例えば、「ヘンリーの清教徒的な心」（一〇九）、「なにごとに対しても清教徒的な謙譲を示し……」（一一一）、「清教徒的な伝統に信頼をおいている顔」（一一一）、「清教徒へンリー」（一一一）などその例はいたるところに見られる。

一方チャールズ・ボンは、宗教臭さが全く感じられない都会育ちの洗練された若者である。この二人がミシシッピー大学で同級生になった時、ヘンリーはボンの神秘的な魅力に一目ぼれのように惹かれてしまう。この二人の出会いは明らかにボンの母親の意図であり、自分を捨てたサトペンに対する復讐の第一歩なのだ。ボンの母親には、自分の息子がその都会的な魅力で、田舎者のヘンリーを魅了してしまうことが分かっていたようだ。

確かにボンの魅力に関する描写は圧倒的で、人生経験に乏しい農村地帯の若者を虜にしてしまうのに十分である。「ボンは眉目秀麗で、優雅で、猫のようで、大学にいるには大人すぎて（年がいっているというのではなくて、世間ずれしていると言う意味において）、知識の匂いを漂わせ、したいことは全部し尽し、快楽のかぎりを尽し、そんなものは覚えてさえもいないと言う様子をしていた。だからボンは、ヘンリーばかりではなく、あの小さくて新しい地方の大学全体にとって嫉妬の対象ではなく絶望の対象として映った……。」（九五）彼はまるで変化に乏しい田舎にやってきた異人のようだ。作品の筋立てから言えば、もしボンがヘンリーを徹底的に魅了できなければ、この作品は成立しないことになる。したがって、フォークナーのこの二人の関係に対する描写は、読者を圧倒するほどに執拗を極めている。そしてボンの仕上げは、ヘンリーをニューオーリンズに連れて行き、彼を自分の思うがままの都会派の人間に仕立て上げることだ。「ボンはヘンリーの田舎者らしい無邪気な魂と知性の感光版をとりだして、それを徐々にこの深遠な都会の雰囲気に感化させてゆき、彼の望み通りの写真に仕上げようとした。」（一一〇）

さてヘンリーは、「異国風で逆説的で、宿命的であると同時に物憂いような、女性的であると同時に鋼鉄のように固い、あの都会」（一〇八―一〇九）になじむことができるだろうか。答えは「否」である。というのは、ヘンリーは、たとえ近親相姦は許せても、「黒人の血」だけは許すことができなかったからだ。

ニューオーリンズには、独特なクレオール文化というものがある。この文化には、黒人クレオールと呼ばれる人々が存在し、彼らは、この土地では普通の黒人にはない独特の地位をあたえられていたと言うことだ。伝統的な南部人ヘンリーにとっては、「女には淑女と売春婦と奴隷女という三つの区別しかない」（一一四）のである。ところがボンには、ニューオーリンズに、黒人クレオールの妻がいる。情婦ならヘンリーにも理解できるだろうが、ボンは黒人の血を持つ女性と正式に結婚式を挙げている。一滴でも黒人の血が入っていれば、黒人だとされる南部の考え方からすると、いくら尊敬するボンの行為とは言え、それを認めることは不可能ではなかろうか。それまでのヘンリーは、父親であるトマスよりも、友人であるボンの言うことを信じてきている。彼はいったん家を捨てているのだ。しかしここでの決断は、これまでの自分を捨てるかどうかなのだ。結局ヘンリーは自分の家の前で、ボンを撃ち殺す。ボンにしてみれば、大きな賭けに負けた訳だ。

ここで『アブサロム、アブサロム！』における、ニューオーリンズの位置をまとめてみたい。チャールズ・ボンは、ニューオーリンズで育てられる。彼の性格や行動は、この土地、つまり育った環境に大きな影響を受けているのは当然だろう。フォークナーが『ニューオーリンズ・スケッチズ』の最初の部分で示した、「高級娼婦」としてのニューオーリンズのイメージは、「部屋の日の当たる窓辺で、花柄模様の、ほとんど女の着るようなガウンを着て寝そべっているボン」（九五）というイメージに重なり合う。さらにこのイメージは、ニューオーリンズの独特の文化によってより強調されている。「中心」と「周辺」という観点からみても、ニューオーリンズは、実に明快な「周辺」部分を形作り、その「周辺」部出身のボンは、「異人」として、ヘンリー達にとって、「文化英雄」的な役割をはたす。最後にヘンリーがボンを撃ち殺すと言う結果からボンの意図は、成就しなかったと言うことはできようが、しかしヘンリーも元のヘンリーに戻ることは不可能なのだ。ヘンリーは結局姿をくらませてしまう。作品全体から見ると、結果的にトマス・サトペンが捨てた女性、ボンの母親は、自分の息子を犠牲にしてサトペンに対する復讐を成し遂げたということができよう。『アブサロム、アブサロム！』を「復讐を描いた作品」と見る時、ニューオーリンズは、要としての一つの大きな要素を担っているのだ。

終わりに

フォークナーの文筆活動全体を見回した時、最も不思議なのは、彼のニューオーリンズ時代と『蚊』において描かれた都会の世界から一転して、次の作品からは自らの故郷、ミシシッピー州の田舎町ジェファーソンに舞台を移し、以後の執筆活動はこの田舎町が中心となったことである。もちろんその理由の一つには、シャーウッド・アンダソンのアドヴァイスがあるのだろうが、決してそればかりではなかろう。ここからは推測の域をでないが、多分フォークナーは、自分が生まれ育った場所の伝統的な価値観とかコミュニティの意識が、時代と共に変質し最後には無くなることに思い至り、それを書き残そうとしたのではなかろうか。ここで思い出されるのが、ジェファーソンを舞台にした作品の第一作目『泥にまみれた旗』(*Flags in the Dust*, 1973)について書かれた彼自身の覚え書きである。その中で、フォークナーは、「すでに自分が失って、後悔する心の準備をしていた世界を本の中に再創造しようとしていた」[10]と記している。この世界が恐らく、ジェファーソンが代表する南部の価値観とかコミュニティなのであろう。とにかくこの変化によって、それまで作品の「中心」を成していたニューオーリンズが「周辺」に押しやられてしまった。ただ、フォークナーの世界からニューオーリンズが消滅してしまった訳ではなく、あくまで「周辺」に位置し、それなりに重要な役目を果たしてきたのは、これまでの論考で明らかになったと思われる。「中心」ジェファーソン対「周辺」

ミシシッピー州オクスフォードの住宅地。フォークナーの作品の中心になるジェファーソンのモデルとなった町。彼はほとんどの作品をこの町で執筆した。

ニューオーリンズのフレンチ・クオーターの街角。路上では、ジャズの演奏をはじめいろいろなパフォーマンスが見られる。

ニューオーリンズ、この対立が、最も顕著に表現されたのが、『アブサロム、アブサロム!』であり、また多くの意味がこの対立の中に含まれている。例えば、田舎町ジェファーソンが都会であるニューオーリンズに対して抱いているコンプレックスが、この作品には隠されているように思える。それはボンがもつヘンリーに対する支配力として示されているし、またヘンリーの母親であるエレンが、ボンに会う前から娘ジューディスとの婚約を想像し、周りに言いふらすところに表れているように思える。

さらに上記の対立なり、コンプレックスは、アメリカ対ヨーロッパとの対立にまで敷延できるのではなかろうか。

ニューオーリンズは、南ヨーロッパからの移民が多く、文化的にはフランスの影響が色濃く漂っている。アメリカ全体から見ても、この地は単なる地方都市ではなく、異国情緒がある神秘的な魅力を秘めた都市である。したがって、アメリカの建国以来、対立関係で見られていたヨーロッパ、つまりアメリカの無垢、無邪気、健全、潔白というイメージ対、経験、邪悪、歴史、腐敗というイメージで見られていたヨーロッパがこの町に集中的に適応されやすい。アメリカ全体から考察しても、ニューオーリンズは重要な「周辺」を形作っている。

注

（1）James G. Watson ed., *Thinking of Home : William Faulkner's Letters to His Mother and Father 1918-25*（New York : W. W. Norton and Company, 2000）, 158.

（2）William Faulkner, *New Orleans Sketches*（New York : Random House, 1958）, 13-14.

（3）William Faulkner, *Essays, Speeches and Public Letters* ed., James B. Meriwether（New York : Random House, 1965）, 8.

（4）（1887—1940）ジャマイカで生まれ米国で活躍した民族主義黒人運動の指導者。一九一四年「万国黒人地位改善協会」（Universal Negro Improvement Association）を設立。黒人が白人の国を離れ、アフリカへ帰り自分たちの国を建設することを強く訴えた。

（5）*New Orleans Sketches*, 85.

（6）Frederick L. Gwynn and Joseph L. Blotner eds., *Faulkner in the University : Class Conferences at the University of Virginia, 1957-1958*（Chalottesville : University of Virginia Press, 1977）, 36.

（7）*Ibid.*, 36.

（8）William Faulkner, *Pylon*（London : Chatto and Windus, 1967）, 209.

（9）William Faulkner, *Absalom, Absalom !*（New York : Random House, 1964）, 233. 以下、この作品からの引用は、すべてこの版により、本文中にそのページ数を示す。

（10）Joseph L. Blotner ed., *Faulkner A Biography*（New York : Random House, 1974）, 531.

第六章　ゾラ・ニール・ハーストン

ゾラ・ニール・ハーストンとニューオーリンズ
――『騾馬とひと』におけるフードゥー

阪口瑞穂

黒人としての誇り

黒人女性作家で文化人類学者のゾラ・ニール・ハーストン（Zora Neale Hurston, 1891-1960）は「私は悲劇的に黒いわけではなく、魂にも、目の奥にも悲しみは潜んでいない」[1]と主張して、人種差別を嘆く黒人とは一線を画すると述べている。ハーストンが活躍を始めた二〇年代にはこのような「誇り」は理解されなかったが、アリス・ウォーカー（Alice Walker, 1944-）はハーストンの作品には「民族の健全さ」すなわち、ほとんどの黒人作家が持ち得なかったのであるが、「黒人は完全で、複雑で、少しも損なわれていない人間であるという意識」[2]があると評価した。ウォーカーの言葉を契機に、七〇年代以降ハーストン再評価への気運が高まった。ハーストンに大きな影響を与えた土地としてまず挙げられるのは、故郷であるフロリダのイートンヴィルであろう。イートンヴィルはハーストンによると、アメリカで黒人が組織的に自治を行おうとした初めての「純粋な黒人の町」[3]で、彼女の父は市長を三期務め、市の条例も作った。彼女の住む大きな家の広い庭では、ケープ・ジャスミンの茂みが香り高い白い花をつけ、オレンジ、グレープフルーツ、グアバなどの果物がたわわに実っていた。子供時代、鶏の肉、卵、魚などを欲しいだけ食べることができ、飢えるということはなかった。このようにイートンヴィルという黒人の自治が尊重される町に住み、衣食住が十分に満たされ、さらに母親から「太陽に飛びつけ」[4]と励まされる子供時代を送ることによって、ハーストンは当時は難しかった人間としての「誇り」を持つことができたのであろう。このような「誇り」を持ち続けるために彼女に大きな影響を与えた土地はもう一つあり、それはルイジアナのニューオーリンズである。ヘメンウェイ（Robert E. Hemenway）がニューオーリンズでの体験がハーストンに目を見張るばかりの内面の変革をもたらしたと言うように[5]、ニューオーリンズは彼女の人生にとって欠くことのできない土地である。ニューオーリンズを舞台にしている作品は『騾馬とひと』（*Mules and Men*, 1935）（中村輝子訳、平凡社、一九九七年）であるので、ハーストンにおけるニューオーリンズの重要性を『騾馬とひと』の考察を通して明らかにし

1934年11月9日、カール・ヴァン・ヴェクテン撮影によるゾラ・ニール・ハーストン

ていく。

『騾馬とひと』とフードゥー

『騾馬とひと』は、ハーストンが南部で収集したフォークロア（民間伝承）を描いたものである。第一部「民話」の章ではフロリダの民衆に受け継がれている民話、ほら話、歌、踊り、ゲームなどのフォークロアが描かれ、第二部「フードゥー」の章ではニューオーリンズでハーストンの体験したフードゥーが主に描写されている。フードゥー（Hoodoo）は、ヴードゥー（Voodoo）と発音されることもあるが、西アフリカのダオメの言葉“vodun（＝spirit）”を起源とし、奴隷としてそこから連れて来られた人々がハイチで発展させたものである。アメリカでの信仰はニューオーリンズが最も古く、十八世紀にハイチからの黒人奴隷が持ち込んだことに始まる。やがて、ハイチからの移民がニューオーリンズ、マイアミ、ニューヨークでハイチ系移民のコミュニティを作り、その信仰を広めた。(6) ハーストンは「ニューオーリンズは今も昔もフードゥーではアメリカの中心地。儀礼については、ハイチに匹敵し、その実践でもアフリカの力が生き生きと保たれていて名が高い(7)」と説明する。ニューオーリンズでは伝説的な黒人クレオールのまじない師、マリー・ルヴォー（Marie Leveau）（ラヴォー“Laveau”と表記されることもある。）がフードゥーの世界を支配していた。ハーストンによると、ニューオーリンズの案内書にマリーの伝説がわずかに触れられており、また、ニューオーリンズにはフードゥーのまじない師に関する法律が定められている。ただし具体的内容の言及はない。ハーストンは「フードゥーの町[8]」と呼ばれているアルジールズで四ヶ月間暮らし、フードゥーに関する聞き取りを行った。その対岸にあるフレンチ・クオーターは、フランスの植民地時代の面影を残す町であり、マリーが暮らし、亡くなった地である。

文化人類学という「小さな望遠鏡」

『騾馬とひと』は黒人研究者の手による初の黒人のフォークロアを描いた一般書である。ハーストンは一九二五年から二七年までバーナード大学でフランツ・ボアズ博士（Dr. Franz Boas）に師事し、文化人類学を学んだ。バーナードを卒業する直前、ボアズ博士はハーストンを特別研究員にし、南部に行って黒人のフォークロアを収集するように言う。『騾馬とひと』は一九二七年から三二年にかけての二度にわたる調査旅行の集大成である。（一度目はハーストンが「バーナード風のアクセント[9]」で聞いたために民衆から受け入れられず、失敗に終わる。）この作品は、ハーストンが子供時代から慣れ親しんでいる動物を主人公にした民話「兎どんや熊どんの昔話」（"old-time tales about Brer Rabbit and Brer Bear"）（八）を、手後れにならないうちに記録しておきたいと、故郷のイートンヴィルに帰って来たところから始まる。次に彼女はフロリダのポーク・カウンティで民話を集める。フロリダで記録された七十の民話は作品の第一部「民話」の章を形成している。民衆の会話は、実際に話された黒人英語の発音にかなり忠実に再現されている。彼女はさらにフードゥーの調査のためにニューオーリンズに向かう。ハーストンは六人のフードゥーのまじない師に弟子入りし、フードゥーの儀式を受けるが、この体験は第二部「フードゥー」の章に描かれている。

文化人類学という「小さな望遠鏡」を手にしたおかげで、たしかにハーストンは「ぴったり身についた下着」（二）のような黒人のフォークロアとある程度の距離を置き、客観的に見つめ直すことができた。フォークロアは「人々に親しまれるやり方で演じられてきた、文字に書かれない伝承[10]」であるが、彼女は南部黒人の間で受け継がれている豊かな文化遺産を書き記す必要を強く感じていたのであろう。奴隷制時代に苦しみから生まれたフォークロアは痛ましい受難の遺産であり、解放後の多くの黒人たちにとって、できるだけ早く忘れ去りたいものであった。けれどもハーストンはフォークロアが奴隷制時代の産物だから程度の低いものであるとか、白人の文化に劣るものであるとは全く思っていなかった。彼女はフォークロアが「心理的に打ち砕かれた民族から生まれたものではなく、むしろ精神の健全さの証拠である[11]」ことを示そうとしたのだ。

文化人類学の方法を用いてはいるが、『騾馬とひと』は純粋に学問的な社会科学の報告論文ではない。ハーストンはフォークロア収集の過程をドラマティックに再現している。彼女は登場人物の一人として民衆の間に溶け込み、行動を共にしつつ、彼らの会話、表情、しぐさを一人称で語る。第三者の立場で民話を聞き取るという立場にありながら、彼女自身参加しているので、客観的な記録というわけでもない。小説、紀行文、自伝などの要素を併せ持っているので、批評家から「ヤミ・フィクション」であると言われてきたが、最近ではハーストンが作家として意図的に作品を構成している点が評価されて「フィクション」(12)あるいは「文学」(13)と位置付けられている。

ボアズ博士とメイソン夫人

『騾馬とひと』はフランツ・ボアズ博士による序文で始まる。ハーストンは、用いた資料が文化人類学の見地から見れば科学的な正確さに欠けるため、ボアズ博士から評価されるか不安があったようである。彼は「ハーストン女史が行ったすぐれた功績は、南部黒人の日常生活に、自分もまたその一人として加わり、子供時代の仲間たちから完全に受け入れられたことにある」と評価はしているものの、序文はわずか一ページ強の長さにとどまる。さらに「ハーストン女史の愛すべき性格と、我々が黒人の真実の内面生活を知るうえで非常な貢献を果たしたその表現方法とは、ともに大きな魅力となっている」(viii)と付け加えているが、彼女の性格と作品の表現方法が並べられて賞賛されていることについて、ハーストンはいささか疑問を感じたのではあるまいか。

この序文に続くのがハーストンによる前書きである。ヘメンウェイは『騾馬とひと』でハーストンが「常に海辺にとどまっていて」(14)、ハーストン個人をきわだたせるようには書かれていないと彼女の客観性を主張するが、彼女は客観的に描いているように見えながら実は主観的な考えを織り込んでいる。前書きは「「黒人のフォークロアを収集しに行ってもいいよ」と、ある人から言われたとき、私はうれしかった」（一）で始まる。「ある人」とはおそらくボアズ博士であろう。ハーストンは九歳のときに母をなくし、ジャクソンヴィルの学校へ行くために家を出て以来、ほとんどいつも経済的に困窮していた。学問に対する強い情熱があったにもかかわらず、メイドやマニキュア師をしながら食べていくのがやっとで、白人の経済的な援助を得てはじめて高校や大学へ進学することができた。今回もボアズ博士が後見役として口添えしてくれたおかげで、ハーストンは一四〇〇ドルの調査費を手にして南部に行くことができたのだ。「私はうれしかった」と書かれている通り、彼女はボアズ博士の尽力に対して感謝していたのであろう。けれども「収集しに行ってもよい」と言われたとき、"may"という許可を表す言葉に彼女はきっと心の中で抵抗を示したであろう。「ぴったり身についた下着」のように自分自身の一部であるフォークロアを収集するために白人の許可がいることに対して彼女は内心苛立っていたに違いない。

「ある人」というのは別の人を暗示している可能性もある。それは前書きの最後にハーストンが謝辞を述べている白人のパトロン、R・オズグッド・メイソン夫人（Mrs. R. Osgood Mason）である。メイソン夫人はラングストン・ヒューズ（Langston Hughes, 1902–1967）のパトロンでもあり、二〇年代に黒人作家が白人の庇護を必要とするのは珍しいことではなかった。メイソン夫人が五年間にわたり毎年二〇〇ドルを支給し、調査のためのカメラと車も与えてくれたおかげで、ハーストンは二度目の調査旅行に行くことができた。「夫人は私が気落ちしているとき、心温かな精神的な支えとなり、さらに偉大な霊そのものの流儀で、今回の旅すべてにわたって経済的な援助を与えてくださった。この世で最も心開かれた女性である」（四）と前書きを締めくくり、ハーストンは表面的には従順な黒人を演じ、パトロンをほめたたえている。実際メイソン夫人はハーストンの人生を支配した。収集したあらゆる情報、資料に対してメイソン夫人が占有権を得るという契約書を交わしたので、ハーストンは夫人の許可なく資料を使って学術発表をしたり、本を書いたりすることはできなかった。したがってメイソン夫人は「心温かな精神的な支え」というよりもむしろ単なる物質的な支えであった。「この世で最も心開かれた女性」というのは誇張で、ハーストンの皮肉が込められているであろう。

客観的な立場を取るように見えながら、実はハーストンは主体的な存在であるということは、彼女が最初の民話を自ら前書きの中で語り出すことからわかる。神様が魂を与えずに人間を造ったところ、白人とインディアンと黒人は魂の側を触れずに通り過ぎたが、ユダヤ人はそれをつかんで逃げたという話である。ここにはユダヤ人に対する批判が読み取れるが、これはユダヤ系ドイツ人のボアズ博士に対するハーストンの批判ではあるまいか。ボアズ博士から受けた影響を認めつつも、一方では彼女は文化人類学の領域における彼の「家父長的な権力」(15)に対して違和感を覚えていた。客観的な対象の観察によってのみ社会科学的な真実を得られるという彼の主張は、彼女の作家としての姿勢とは相容れなかった。彼女の挑戦的な態度は「白人は私の書いたものを読めても、私の心は読めやしない」

(三)というくだりからも読み取れる。この文は明らかにボアズ博士の「我々が黒人の真実の内面生活を知るうえで非常な貢献を果たした」という一節に呼応している。表面的にはボアズ博士やメイソン夫人を賛美しているように見えながら、黒人なら誰でもわかるディスコースを用いてハーストンは白人に対する揶揄をしている。

第一部「民話」

第一部「民話」の章は「メイトランド(Maitland)とイートンヴィルの町境の道を越えると、よろず屋のポーチにいる人たちが目に入った」(七)で始まる。「町の境界線」("township line")を越えると、ハーストンは白人の町から黒人の町へ足を踏み入れることになる。この「線」は、北部対南部、知識人対民衆、部外者対コミュニティ内の人といった対立を暗示している。この二つの町の間に存在する「線」("Maitland-Eatonville township line")、すなわち「ハイフン」は黒人男女の「溝」をも象徴しているのではないだろうか。黒人による自治の町イートンヴィルにさえ男女の対立は存在するのである。ハーストンがイートンヴィルで見たものは昔と変わらない男性中心の社会であった。まず、彼女も参加した「爪先パーティー」は、カーテンの陰から突き出された女たちの爪先を男たちが品定めし、気に入った相手を十セントで買ってパーティーの相手にするというものであるが、ここには男性のエゴイズムが見える。また男女のほら話合戦から男女の溝がうかがえる。「女衆はほんとはもちっと分別をもらえたはずだがな、神様に、いやそれより腰につけてくれって言ったんだよ。で、神様はそっちにつけてやったのさ。だからでっぷり腰にでっかい口、そして頭は空っぽってわけだ」(三〇)と、見下したように男は言う。マチルダ・モーズリー(Mathilda Moseley)は女性にも分別はあると言葉を差しはさみ、「女たちはどうしていつも男たちを利用しているか」という話をする。けれども男は女性の方が「賢い」ことを認めようとはせず、あくまでも男性の優位を主張する。ポーチで繰り広げられる民話の主導権を握るのは男性で、女性が語り手になることはほとんどない。マチルダは果敢にも男性の支配を破ろうとしたが、話の主導権はまた男性へと移ってしまい、男女の関係は本質的には何も変わらない。ハーストンはこのように民衆が民話を語る様子を客観的に描くことで、黒人の男女の間に対立が存在する現実を示した。

次にハーストンがシボレーに乗って向かう先はポーク・カウンティである。「キスミー(Kissimmee)の町から十二マイルほど南に下ると、ポーク・カウンティの境界を示しているアーチをくぐった」(五九)とあるように、彼女はまた「境界」("line")となるアーチをくぐって新しい場所に到着する。最初ハーストンは車に乗り百貨店で買った服を着ていたために、よそ者として疎外されてしまうが、「密造酒の運び屋」であると嘘をついて人々の警戒を解き、さらにイートンヴィルで覚えたばかりの鉄道工事現場での労働歌「ジョン・ヘンリー」を歌ったおかげで仲間として受け入れられた。こうしてハーストンは製材所で働く男たちのほら話や民話を記録することができた。彼らは黒人のフォークロアでしばしば登場する英雄ジョンの話をする。奴隷のジョンは白人の旦那さんや神様や悪魔を知恵で打ち負かす。奴隷たちがジョンの話をすることで過酷な現実を忘れ、束の間の安らぎと慰めを得、仲間意識を強めたのと同じように、製材所で働く男たちも話をすることで笑いと勇気を得たのであろう。ジョンの話をする男たちを描くことで、ハーストンは奴隷制時代と変わらず、黒人は白人から支配されるという南部の現実を示している。そして騾馬のように白人から酷使される黒人の男たちは、今度は黒人の女たちを騾馬のように扱うのだとハーストンは鋭く指摘する。休暇のある日、男たちは家事を手伝って欲しいという女たちの要求を無視して、釣りに出かけてほら話を競い合う。「黒人の女たちが一番の働き者になったわけ」という話をしながら男たちは自分たちの優位を正当化する。男性優位を打ち破る女性として登場するのはビッグ・スウィート（Big Sweet）である。彼女はジューク・ボックスで刺し殺されそうになったハーストンを見事に救う。男たちはビッグ・スウィートの度胸を「ほんとに全部女だが、半分は男だな」（一五二）と言ってほめたたえるが、実際の男女関係はほとんど改善されない。それでもビッグ・スウィートの勇敢な行為はハーストンに現実に立ち向かう勇気を与え、次の地ニューオーリンズでのハーストンの再生を促したと言えるだろう。なぜならこの後ハーストンは民話の聞き手という客観的な立場から、物語を語る主体へと移行するのである。

第二部「フードゥー」

三つ目の町ニューオーリンズにハーストンは到着する。「冬が過ぎ、ふたたび毛虫たちが道を横切るようになった」（一八三）と第二部「フードゥー」の章は始まる。実際にハーストンがこの町を訪れたのは八月であったのに、作品では春になっている。「冬が過ぎた」という表現は黒人女性の置かれた厳しい現実の改善の兆しを表し、「毛虫たち」というのはハーストンも含めた黒人女性がやがてさなぎ、蝶へと生まれ変わる可能性を示唆しているのではないだろうか。フードゥーはアメリカでは容認されていなかったが、ニューオーリンズでは黒人の間で信仰されていて、「抑圧された宗教特有の熱烈さで炎となって燃え上がっている」（一八三）とハーストンは説明する。「フードゥー」の章では、ハーストンはフードゥーの儀式を自ら受け、その体験を語る主人公である。彼女は六人のフードゥーのまじない師に弟子入りするがそのうちの一人は女性である。この章の最初と最後に女性のまじない師が描かれているのは、彼女たちが重要な人物であるからである。まじない師の頂点に立つのが伝説の女王マリー・ルヴォーであることも考えると、フードゥーの世界では女性が大きな力を

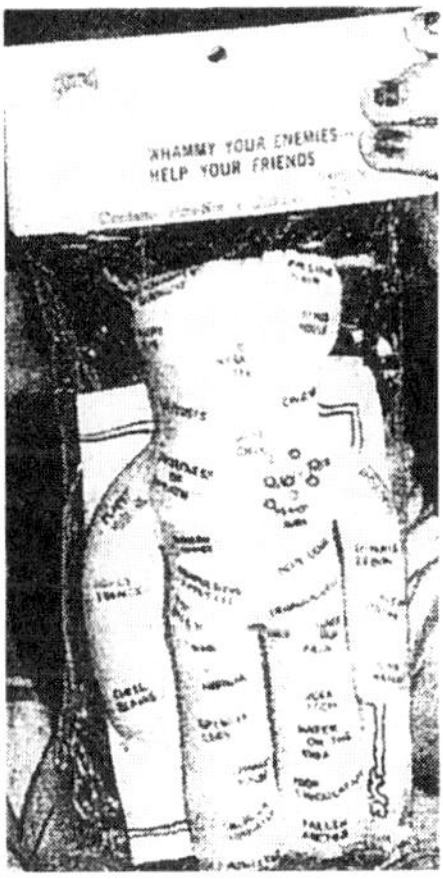

ニューオーリンズの店で売っている、敵を病気にするとされるフードゥー・ドール（1985年）

行使することができるのである。男性と女性とではまじないの目的がやや異なる。男性のまじない師は、死を招く法、れんがを使って呪う法、懲らしめる法、人を家から追い出す法、人を引きずり降ろす法など危害を加えるようなものや、人を牢獄から救う法、反対証人を黙らせる法など社会的な問題に関わるものなどが多い。これに対して女性のまじない師は、男を得るための儀式、強く愛される法、恋人を取り戻す法など、男女の愛情に関わる家庭的な問題が多い。いずれの場合も依頼人のほとんどは黒人女性である。民話と同様、フードゥーも言葉によって力を発揮する。依頼人はまず、まじない師に悩みを話すことで癒され、まじないに必要な儀式の手順を聞き、使われる道具を見て、安心する。まじないの結果を見るまでもなく、まじない師の言葉を聞くだけで、満足し、喜んで帰って行く。(16) 第一部に描かれているように、家庭内では夫が妻を支配するが、第二部で女たちはフードゥーを味方につけて、男たちに気づかれずに仕返しをしたり、自分の思い通りに夫を動かす。フードゥーは黒人女性の力の源であり、心の拠り所でもある。フードゥーによって、現実の夫婦間の力関係を逆転させることができるし、また夫婦仲を回復させることもできる。

「フードゥー」の章の最後に登場するキティ・ブラウン（Kitty Brown）は、「結婚話をまとめたり、恋人たちを結ぶまじないを好んで行う」ニューオーリンズでは名の知れたフードゥーのまじない師である。恋愛を成就させ、夫婦仲を円満にするキティの前向きな解決策にハーストンは特に共感したのかもしれない。「私は強くできているから、あなたの苦しみを負ってあげよう」（二三九）というハーストンが入門する儀式のときのキティの言葉から、二人が強い信頼関係で結ばれていたのがわかる。ビッグ・スウィートとの間に友情はあったが、キティほどには結びつきは深くなかったであろう。女同士の深い絆は「フードゥー」の章にのみ描かれる。キティはまじないに必要な薬草を自分の「庭」で育てている。他のまじない師は彼女から薬草を分けてもらうという。キティの「庭」は人々の心を癒し、救う源であるので、キティはフードゥーのまじない師の「母」のような存在であるかもしれない。「母」なるキティの教えを受け継ぐハーストンは、フードゥーの踊りで師の代わりを務めるまでになり、依頼人の願いを叶えるためにまじないを実践できるようになる。こうしてハーストンは特に女性のフードゥーのまじない師の影響を大きく受けて、黒人であり女性である自分のアイデンティティを確認することができた。ニューオーリンズの黒人の間で今もなお信仰されているフードゥーの神髄に入っていき、自らそれを体得し、人々に力を与えるまでになったのである。このような意味で、彼女はヘメンウェイの言う「内面の変革」を果たしたと言えるであろう。

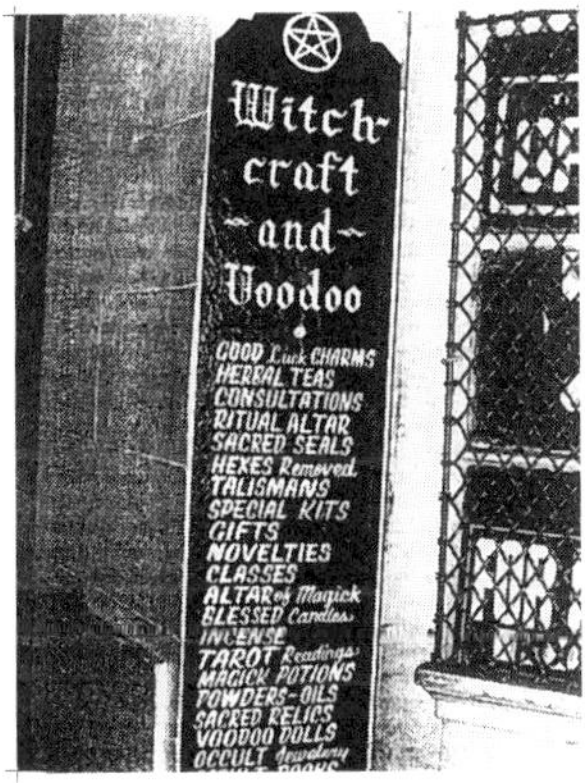

デカター通り（Decatur Street）にあるまじない師の看板（1985年）

ハーストンにとってのニューオーリンズ

『騾馬とひと』では、イートンヴィル、ポーク・カウンティ、ニューオーリンズへの旅の軌跡、ハーストンの成長の軌跡が描かれていたが、フードゥーが行われるニューオーリンズがハーストンにとって特に重要な土地であった。この作品はハーストンの語る民話で始まり、終わる。『騾馬とひと』の最後は次の話で締めくくられる。あるとき嬢ちゃん猫（"Sis Cat"）が鼠を捕まえて食べようとしたところ、顔や手を洗ってからにすべきと鼠に言われて食べ損なうが、次の機会では「私は食べたら顔を洗ってね、みんな終わったあとで行儀よくするのさ」（二四五―二四六）と言って鼠を食べてしまう。ここで問題になるのは、猫と鼠が何を表しているかということである。黒人フォークロアの英雄（黒人）は知恵で体の大きな相手（白人）を打ち負かすのでトリックスターと呼ばれるが、動物話では普通黒人を表す兎がトリックスターで、白人を表す狐や熊などを打ち負かす。ハーストンの話の前半は鼠がトリックスターのように見えるが、後半を読むと主人公である猫が実は黒人を表しているように思える。本来は「体が小さい」（すなわち力が弱い）はずの黒人がここでは「体の大きな」方の動物、猫になっている。ここには、民話やフードゥーという伝統は牧歌的でエキゾティックで「遅れている」のではなく価値のあるものであり、またそのような伝統を守っている黒人は「民族の健全さ」を持っているというハーストンの主張が込められているのではないだろうか。「私も嬢ちゃん猫のように、こうして自分の顔を洗い、自分流のやり方をしてここに座っている」（二四六）という最後の一文からハーストンの何物にも屈しないしたたかさ、反骨精神がうかがわれる。彼女は文化人類学的な資料を基盤にしつつも西洋の伝統である文化人類学の方法論に従わず、独自の文学的な枠組みで『騾馬とひと』を構成した。ハーストンは、ボアズ博士やメイソン夫人の制約を受けながらも、白人には気づかれないように二重のディスコースで白人に対する批判、抵抗を示した。さらにハーストンはニューオーリンズを舞台にして、自らを含めた黒人女性がフードゥーを武器に力をつけ、男性に屈しない存在になるということを描いたのである。このように、ハーストンはニューオーリンズによって、子供時代から培ってきた黒人としての誇りを再確認した。さらに、フードゥーのまじない師という黒人女性たちとの交流を通して、自ら他の女たちに力を与える存在になり、黒人女性としてのアイデンティティを強く意識するに至ったのである。

注

(1) Alice Walker ed., *I Love Myself When I Am Laughing*...(New York : The Feminist Press, 1979), 153.
(2) Robert E. Hemenway, *Zora Neale Hurston* (Urbana : University of Illionis Press, 1980), xii-xiii.
(3) Zora Neale Hurston, *Dust Tracks on a Road* (Urbana : University of Illionis Press, 1984), 3.
(4) *Dust Tracks on a Road*, 21.
(5) Hemenway, 117.
(6) Jack Salzman ed., *Encyclopedia of African-American Culture and History* (New York : Simon & Shuster Macmillan, 1996), vol. 4, 5.

（7） Zora Neale Hurston, *Mules and Men* (New York : Harper Perennial, 1990), 183. 以下この作品からの引用は引用末尾の括弧内に頁数を示す。

（8） Houston A. Baker, Jr., *Workings of the Spirit* (Chicago : The University of Chicago Press, 1991), 80.

（9） *Dust Tracks on a Road,* 175.

（10） Hemenway, 85.

（11） Hemenway, 51.

（12） Howard J. Faulkner, *"Mules and Men"* in *CLA Journal* 34 (1991), 332.

（13） Sandra Dolby-Stahl, *Critical Essays on Zora Neale Hurston* (New York : G. K. Hall & Co., 1998), 45.

（14） Hemenway, 165.

（15） D. A. Boxwell, " 'Sis Cat' as Ethnographer" in *African American Review* 26 (1992), 609.

（16） ウォーカーは『騾馬とひと』のフードゥーにヒントを得て短編 "The Revenge of Hannah Kemhuff" を書いている。ケムハフ夫人もある人物に深い恨みを抱いていたが、まじない師のもとを訪れ、話をし、呪いをかけてもらうことになると、失われた誇りを取り戻し、心が満たされて、帰って行く。

第七章　テネシー・ウィリアムズ

テネシー・ウィリアムズとニューオーリンズ
――ゲイ作家と都市の間テクスト性

貴志雅之

思えば、ニューオーリンズに来たとき、私は自由がどんなものかを感じ取った。自由は常に何にもまして私が求めてきたものだ。生まれつき一番強い衝動が、自由になりたいということでね。そう、その自由を見つけたのがニューオーリンズだった。そして確かに、私が作家としてやっていく上で、自由は大きな力だった。――テネシー・ウィリアムズ[1]（Tennessee Williams, 1911-1983）

作家と都市の祝祭

「テネシー・ウィリアムズ／ニューオーリンズ文学祭」2001年プログラム表紙

マルディ・グラ（Mardi Gras）写真 Susie Leavines

リオのカーニヴァルにも比する熱狂的な祭り「マルディ・グラ」（「告解火曜日」）のとき、ニューオーリンズは最もきらびやかで活気に満ちた顔を見せる。イースター（復活祭）までの四十日間肉食を断つレント（四旬節）というカトリックの習慣がある。このレント開始の日を「灰の水曜日」と呼び、その前日がフランス語で「謝肉の火曜日」を意味するマルディ・グラだ。禁欲的レントの前だからこそ許されるカーニヴァル（謝肉祭）は、マルディ・グラの十一日前の週末から本格的に始まる。その頃から大きなフロート（山車）が通りを流れ、羽根飾りの巨大なかぶりものや鮮やかなコスチュームを身にまとった先住民やクレオールなど、さまざまな団体がパレードする開放的祝祭にニューオーリンズを埋め尽くした内外の見物客は歓喜する。この南部コスモポリタン都市はマルディ・グラ期間中さまざまな場所で行われる仮面舞踏会さながらの鮮やかさに酔いしれるのである。

三月下旬、マルディ・グラが終わって落ち着きを取り戻したニューオーリンズに、もう一つの祭り「テネシー・ウィリアムズ／ニューオーリンズ文学祭」[2]が訪れる。学者・研究者の研究発表や講演会、ウィリアムズの私生活・執筆活動をめぐるゴシップ的な座談会、文学ツアーもあればスター俳優による作品の朗読会や劇の上演、ミニ・コンサートや書籍即売会、さらには『欲望という名の電車』(*A Streetcar Named Desire*, 1947) の主人公をもじった「ステラとスタンレー絶叫コンテスト」も開催される。プログラムのヴァラエティーも年々増え、一九八七年第一回開催当初五百人だった参加者は、二〇〇〇年には八千人に膨れ上がった。学者、作家、パフォーミング・アーティストや出版関係者が一堂に集うこの文学祭は、劇作家ウィリアムズとニューオーリンズの相互補完的な強い結びつきを窺わせる。ウィリアムズと彼の作品は人々を新たなニューオーリンズ発見の旅へと誘い、ニューオーリンズの地理的・文化的・民族的特異性は、ウィリアムズのテクストに新たな解釈を許容するチャンネルを開く。「テネシー・ウィリアムズ／ニューオーリンズ文学祭」は、いわば作家と都市の間テクスト性更新の祝祭なのである。

ゲイ作家への変身とニューオーリンズ

ウィリアムズとニューオーリンズの出会いは、一九三八年十二月末に遡る。この年、シカゴの連邦演劇計画（Federal Theatre Project）で自作上演の夢を断たれたウィリアムズは、ニューオーリンズで進行中の連邦作家計画の話を耳にする。「ミスター・フレンチ・クオーター」と呼ばれるライル・サクソン（Lyle Saxon, 1891-1946）が主導するこの計画は、大恐慌下であえぐ作家救済と同時にニューオーリンズとルイジアナ州への旅行案内書制作を目的としていた。三八年の暮れ、ここでの仕事を求めてウィリアムズは初めてニューオーリンズの土を踏む。結局、連邦作家計画の仕事はなかったものの、即座にニューオーリンズに魅せられたウィリアムズは、生涯最愛の町を見出すことになる。このときから八三年他界の年まで四度の長期滞在を含めてたびたびニューオーリンズを訪れたウィリアムズは、「私の作品のゆうに五〇パーセントがここで執筆したものだ」と語っている（Holditch 14）。

1950年代初頭のウィリアムズ

しかし、ニューオーリンズはウィリアムズにとって、著作活動に最適なお気に入りの町というだけではなかった。この町との出会いはウィリアムズに大きな人生の転機をもたらしたのである。一九三八年十二月末から三九年春、初めてニューオーリンズで暮らしたこの時期に、ウィリアムズはゲイに目覚め、同時にテネシーというペンネームを使い始める。つまり、トマス・ラニアー・ウィリアムズは、ニューオーリンズでゲイ作家テネシー・ウィリアムズへと変身する。この変身は、ウィリアムズによるニューオーリンズの文化的（コン）テクストの読み込み・読み直し、それに伴うウィリアムズ自身の主体の読み直し・書き直しの反復によってもたらされたものである。本論は、ウィリアムズの読み直し・書き直し（＝変身）のプロセスを、ニューオーリンズを舞台とする三作のテクスト、『欲望という名の電車』（小田島雄志訳、新潮文庫、一九八八年）、『この夏突然に』（*Suddenly Last Summer*, 1958）、『ヴィユ・カレ』（*Vieux Carré*, 1977）に探りつつ、ゲイ作家ウィリアムズとニューオーリンズの関係性を読みほどく試みである。

『ヴィユ・カレ』（一九七七）——トマス・ラニアー・ウィリアムズから テネシー・ウィリアムズへ

三八年十二月二十八日深夜ニューオーリンズ、フレンチ・クオーターに着いたウィリアムズは、三九年元旦、日記にこう記している。「なんて夜だ！　フレンチ・クオーターの芸術的ボヘミアン生活との出会いは最高だった！　何もかもこんなに面白くて、中にはぞっとするものだってあるくらいだ」（Leverich 277）。W・ケネス・ホウルディッチ（W. Kenneth Holditch）は、フレンチ・クオーターという小さな人口密集地帯の最大の特徴が、階級を隔てる壁も消し去る自由放縦なボヘミアニズムであると語っている（九）。しかしここには、マルディ・グラの華やかな光の世界と対照的な「奇妙で歪んだ、奇怪な」「ニューオーリンズの影の人々」（Nelson 38）が暮らす。この「マージナルな社会」の住人としてドナルド・スポウトウ（Donald Spoto）は、「ポン引きや娼婦、ばくち打ち、アル中、麻薬中毒者、人のいい貧乏ミュージシャンに大恐慌を生き抜いた旅回り喜劇一座、昼間の気晴らしと夜の快楽を求めてきた通りすがりの船乗りや身持ちも様々なキャリアガール」、「相当数のホモセクシュアル」らを挙げている（六九）。ウィリアムズはこれらの人々との暮らしの中から人生の影の部分に目を開いていく。彼の母エドウィナ・ウィリアムズ（Edwina Dakin Williams）は当時の息子の様子をこう回想している。

　ニューオーリンズの影響は大きなものでした……息子はフレンチ・クオーターの新奇な生活に慣れていったのです。大酒を飲んで、相手かまわず異常なセックスに明け暮れる生活に。ここで息子の回りにいたのは途方にくれた寂しい人たちでしたが、その人たちの話を息子は書いたのです（一〇三）。

一九七七年初演の『ヴィユ・カレ』はこの当時のウィリアムズの姿を赤裸々に描き出す。それはフレンチ・クオーターでのゲイ作家テネシー・ウィリアムズ誕生物語を描いた一〇〇%に近い自伝劇である。一九三八年冬から三九年春、フレンチ・クオーター、トゥルーズ通り七二二番地の下宿屋。作品の舞台となる時と場所も、ウィリアムズが初めてニューオーリンズで暮らした時の再現である。舞台背景についてテクスト冒頭に記されたノートには、ここがかつて作者ウィリアムズが暮らした場所であり、登場する作家は昔の自分自身であると明記されている（八二七）[3]。

ナレーターとして作家が観客に語る台詞から舞台が始まる。「かつて、この下宿屋は生きていました。かつては人が暮らしていたのです。僕の記憶の中では今もそうです。ただ、住んでいるのは幽霊のようなまぼろしみたいな人たちです。この人たちが今、僕の記憶の明るみに入ってきます」（八二九）。

舞台は、二十八歳の駆け出しの作家＝語り手が、この下宿屋で、無垢な青年から冷静な目を持った作家へと成長する過程を描く。作家となるイニシエーションを彼にもたらすのは、この下宿屋に住むグロテスクな住人たち。彼に同性愛の手ほどきをする結核病の画家ナイティンゲール。栄養失調で衰えながら、哀れに見栄を張るマリー・モードとミス・キャリー。血液の病を患う女性ジェーンと彼女の愛人で、ストリップ小屋の客引きをする男娼タイ。そして下宿の家主ミセス・ワイアー。彼らは作家のイニシエイターとなって、ミスフィットやアウトキャストが巣くう裏のマージナルな世界へと彼を導く。しかし、彼らのほとんどが、なんらかの病に苦しみ、死に直面し、衰えていく。一方、作家はこの世界の洗礼を受け、ゲイである自分に目覚め、作家として自らの題材となる人々と世界、その題材を見つめる冷静な態度と意識を養い、最後には冷徹な目を持った作家へと変貌して、一緒にウェスト・コーストへ行こうと誘うクラリネット奏者、スカイとともにカリフォルニアへ旅だつ。

開幕当初、ワイアー夫人に将来のプランはないと語り、二場、祖母の死に絶望し、孤独に震え泣いていた作家が、社会から締め出された人々の中に身を置くことでヴィユ・カレで着実に経験学習を重ねていく。

ウィリアムズが暮らしたトゥルーズ通り722番地の下宿屋

四場、作家の変化に気づいたワイアー夫人に「あんた、この家に来てから変わったね。わかってんのかい」と言われると、彼は「ええ、知ってます」、そう答える（八五四）。

七場、作家はワイアー夫人にうち明ける。「ああ、でもここに来た頃、ぼくは何もわかってなかった。この場所はずっと――あなたに払わないとね――授業料を……」（八六九）。

さらに八場、ワイアー夫人は作家の変貌に驚きを隠せない。「びっくり仰天の違いだよ。あんたの見かけも物腰も。ここに来た時と今じゃ。あたしのことだって、馬鹿にしてるんだ。にやって笑ったり、知らん振りしながら。将来堕落した生活するのがもう見えてるよ」（八七五）。

そして、十場、冷徹になった作家にナイティンゲールはこう漏らす。「君は親切で、やさしかった。でも四ヶ月もしない間にそんな面をなくして、世間みたいに冷徹になってしまった。」この言葉に作家は、「その世間でサヴァイブしないと駄目だったんだ」、そう答えるだけである（八八五）。

忘れてならないのは、作家には作家という職業名以外に名前はなく、当初より、作家としての自意識を持っていた点である。二場、作家はこう語っている。「ありますよ。たくさん人間の素材がね。クオーターには、作家にとってね」（八三九）。彼に欠けていたのは経験、このヴィユ・カレのボヘミアン世界での経験だけだった。問題は、フレンチ・クオーターとその住人たちが、なぜウィリアムズの変身をもたらしたか、という点である。

ナンシー・ティシュラー（Nancy M. Tischler）はウィリアムズの豹変をこう描写している。「きっちりした保守的なスーツ、靴は磨かれ、ドレスシャツにネクタイ、そんな姿のまともな青年が」「スポーツシャツにサンダル姿の」ボヘミアンに変身し、「おいぼれシャビー」でクラリネット奏者とともにカリフォルニアへの旅路につく（六二）。保守的道徳意識・社会通念というスーツを脱ぎ去り、抑圧してきた同性愛をウィリアムズは解放する。それを可能にしたのが、社会のアウトキャストを許容するフレンチ・クオーターのボヘミアニズムだった。後年ウィリアムズはこう回想している。「私は私生活でもまともな人間だった。ニューオーリンズの退廃的世界に入るまではね。それからわかったんだよ。私の性的嗜好にはある種の柔軟性があるってことが。大晦日のことだったと、記憶してるんだが」(qtd. in Holditch 14)。

ゲイ作家ウィリアムズの目覚めは、フレンチ・クオーターとその住人というテクストの読み込み、さらにウィリアムズ自身のセクシュアル、そしてヴォケーショナル・アイデンティティの読み直し、書き直しによってもたらされた。『ヴィユ・カレ』が描く作家の変身は、そのプロセスを断続的に投射する。フレンチ・クオーターは、社会の権威、社会通念によって異常、不適切として排斥される社会的・文化的ミスフィットに対する抑圧と制限を希薄化するボヘミアン空間に他ならない。そこで、ウィリアムズは、自らの内部に集積した抑圧的思考回路の無効化とセクシュアリティ解放のプロセスを辿ったと言える。事実、ウィリアムズは、ニューオーリンズで「私は常に必要としていた自由を見出した。私のようなピューリタニズムを持っているとショックを受けたが、それがテーマを与えてくれた。表現するにつきないテーマをね」と後年語っている (Rice M2)。

しかし忘れてならないのは、その自由が、ゲイとしての性的目覚めと、題材を冷徹に見つめる作家の意識・態度の獲得とを連動させている点である。『ヴィユ・カレ』で、作家＝ウィリアムズは、自らの肉体を結核病の画家ナイティンゲールに提供することでゲイに目覚め、その私的体験を作品へと変換する能力を培う。それはフレンチ・クオーターのボヘミア的文化コンテクストの読み込みとそれに対応した自分という主体の書き換えによって可能になったものである。この読み込み・書き直しによって、作家は自らの肉体を交換対象として、性的目覚めと作品題材、そして冷徹な作家意識を獲得する。その作家意識によって、マージナルな影の世界へと自分をイニシエイトした住人たちのプライバシーを作品化し、成功への階段をのぼる。一方、知らぬ間に作品題材にされた人々は、私的生活を暴露され、作品生成の消耗品として廃棄される。『ヴィユ・カレ』に登場する人々のほとんどが最後には死に直面し、急速に衰えていく一方で、無垢だった作家志望の青年が、非情な作家の目を持ったゲイ作家に変身し、ヴィユ・カレ（＝フレンチ・クオーター）を後にする。『ヴィユ・カレ』は、ウィリアムズのゲイ作家への変身と、彼の劇作行為のプロセスおよび効果を遡及的に照射する自伝的追憶劇なのである。

　初めてウィリアムズがニューオーリンズで過ごしたこの数ヶ月は、彼の人生と作品に大きな影響を与えた。作家として新たな独立性を象徴するように、ウィリアムズはトゥルーズ通りの下宿から初めてテネシーと記した原稿を送る。フレンチ・クオーターは彼に作品の着想と題材、そして自由を与えた。これにより、一九三八年十二月この町に来たトマス・ラニアー・ウィリアムズはテネシー・ウィリアムズへと変身を遂げた（Holditch 8）。

『欲望という名の電車』（一九四七）――フィクション・メイキングとフィクション・ブレイキング

『欲望という名の電車』――ニューオーリンズのロイヤル・ストリートを走る路面電車（1945年撮影）

『欲望という名の電車』ほど世界的にニューオーリンズの人気を高め、この南部都市への人々の想像力を喚起した作品は少ない。ブランチを乗せた路面電車はニューオーリンズと同義語となり、このエキゾティックな南部「コスモポリタン都市」を現代の寓話へと変身させた。

舞台は、極楽（Elysian Fields）通り。風雨にさらされ灰色になった白塗りの木造家屋。家の外側には、がたついた階段、バルコニー、風変わりな破風。舞台に流れる「ブルー・ピアノ」、黒人、白人、メキシコ人、ポーランド人などさまざまな人種の混在、主人公が口にする「マルディ・グラ」、レストラン「ガラトワルズ」やバーボン通りの中華料理屋、さらには酒場から聞こえるトランペットとドラムのビート。こうした鮮烈な視覚聴覚的イメージの中で、没落した南部大農園主の娘ブランチが、ポーランド系労働者スタンリーに凌辱され、精神病院へと連れ去られてゆく。このストーリー性とロカールを増幅する視聴覚効果を備えた『欲望という名の電車』が、物憂げで退廃的でありながら卑俗な魅力を持つニューオーリンズに対する人々の想像力と興味を掻き立ててきたのも当然のことである。

フレンチ・クオーターからわずかに東にはずれただけで、舞台となる極楽通りにはクオーターのミスフィットとは異なる住人が暮らす。貧しくとも、社会のアウトキャストではなく、れっきとした市民生活を営む多民族新興労働者階級である。ここに展開する逃亡者ブランチと極楽の住人スタンリー二人の対立は、テクストの読み直し・書き直しの新たな変奏を示す。それはブランチのフィクション・メイキングとスタンリーのフィクション・ブレイキング、というブランチが語るテクストをめぐる二人の応酬となって現れる。

舞台はブランチ・デュボアがミシシッピー州ローレルの町から妹ステラが暮らす極楽通りの家に辿り着く場面から始まる。ブランチの話では、故郷ローレルで次々と家族が亡くなり、ベル・リーヴ(「美しき夢」の意)と名付けられたデュボア家のプランテーションも人手に渡り、心身共に疲れ果て気も狂わんばかりになっていた。それを見かねた勤務先高校の校長が、ブランチに休暇を取るように勧め、その助言に従い学期途中でステラの家に来たのである。しかし、実のところ、第七場でスタンレーが暴くように、フラミンゴ・ホテルというういかがわしい場所に次々と男を連れ込んでは関係を結ぶ娼婦まがいの淫行と、最後には高校の教え子との不祥事が発覚するに至って、ブランチは高校を解雇され、事実上、町から退去命令を出される形でローレルを追われたのだった。こうして、逃亡者としてブランチはステラのもとに身を寄せたのである。ただ、そのような行為に彼女が走ったのも十代の頃の痛ましい出来事による。十六歳で結婚した相手の若者アランが同性愛者であることを目撃したブランチは、ショックと嫌悪から「見たわ！　知ってるのよ！　吐き気がするわ……」とアランに叫び、彼をピストル自殺へと追い込んでいた。ローレルでの彼女の放埓な性行為は、満たされなかった愛を果てしなく求めた結果だった。

映画『欲望という名の電車』（1951）の一場面ブランチ（ヴィヴィアン・リー）とスタンリー（マーロン・ブランド）

　ローレル追放に至る過去を隠蔽しようと、ブランチは貞節な南部貴婦人を装うストーリーを紡ぐ。無論それは、ベル・リーヴ喪失と、亡きアランへの愛の代替物を探す自己破壊的な生活で憔悴しきった魂の安らぎを求める悲壮さの現れでもある。

　そのブランチのテクストを、スタンリーは読み込み、疑い、ローレルに出張する仕入れ係の情報をもとに事実関係を洗い出し、被告に対する検察官のごとく、反対尋問と反証によって、その偽善性を立証、有罪の判決を下し、彼女のテクスト、そしてブランチ自身を解体する。

「ブランチ・デュボアは私だ」ウィリアムズはかつてこう語った(Londré 21)。確かに、同性愛者で、社会に排斥される「逃亡者」(Fugitive)と自覚するウィリアムズと、男を狙うタランチュラまがいの淫行によってローレル追放処分となったブランチは重なる。「私が欲しいのはリアリズムじゃない……マジックなの!」(五四五)。しかし、このマジックを求めるブランチ(=ウィリアムズ)の叫びも、現実というリアリズムの世界でなされた行為に裁断を下す社会には通用しない。とすれば、ブランチのマジック・テクストを解体するスタンリーの行為は、同性愛者ウィリアムズ自身が見た、同性愛者も含めたアウトキャストに対する社会の態度、リアリズムによってミスフィットのテクストを反証する社会の非情な読み直し・書き直しを表したものに他ならない。

事実、工兵隊曹長として数々の勲章を授与されたポーランド系アメリカ人のスタンリーは、国家社会に貢献した市民として認知を受け、旧南部にかわる新興市民勢力を代表する。ニューオーリンズのかつての統治国フランスの「ナポレオン法典」を信奉するスタンリーが、秩序を脅かす侵入者としてブランチを排除する。旧南部デュボワ家の男たちの「叙事詩的淫行」によってベル・リーヴを失ったブランチは、今やニューオーリンズで新興労働者階級の家父長スタンリーの手によって正気を失う。新旧の家父長の交代劇にもかかわらず、依然その虜となるブランチに、父権性の犠牲者たる女性の姿のみならず、性倒錯者《クィア》として家父長制社会に排斥される同性愛者の姿を読み込むことは可能である。

今一つ忘れてならないのは、逃亡者となったブランチ自身、若き夫アランの同性愛に残虐な糾弾を下し、彼を死に追いやっていた点である。社会的道徳規範・性意識に根ざしたブランチの当時のテクストには、同性愛（あるいは両性愛）を書き込む行間は許容されていなかったのである。

『この夏突然に』（一九五八）――何が真実か――ガーデン・ディストリクト

フレンチ・クオーターがマージナルな人間を許容するボヘミアン地帯であるならば、その対極に位置するのが旧南部の抑圧的社会意識と体面を象徴するアップタウンの高級住宅街ガーデン・ディストリクト（＝庭園地区）である。ガーデン・ディストリクトとフレンチ・クオーターは、ハイ・カルチャーとロー・カルチャー、中心と周縁、光と影など、ニューオーリンズの二極構造を形成する。

ガーデン・ディストリクトを舞台に、一九五八年（まさに『庭園地区』（*Garden District*）というタイトルのもとで、『語られざるもの』（*Something Unspoken*）とともに）オフ・ブロードウェイで上演された『この夏突然に』では、これら二つの文化圏が二つのナラティヴへとテクスト化され、正統テクストの覇権をめぐって他方を書き直し、抹消しようとするテクスト間戦争を繰り広げる。

両テクストの主題は、この夏突然亡くなったセバスチャン・ヴェナブル。セバスチャン物語の一方の作者は彼の母親で舞台となる邸宅の主人ヴァイオレット・ヴェナブル夫人。もう一人の作者は、ヴェナブル夫人の亡き夫の姪で、私立精神病院で治療を受けてきたキャサリン。キャサリンが話すセバスチャン物語を狂気のテクストとして抹消すべく、彼女の脳手術を画策したヴェナブル夫人は、州立精神病院の青年医師を自宅の庭園に招く。それぞれのセバスチャン物語を話すヴェナブル夫人とキャサリン、二人の話を聴きながら、キャサリンの正気と彼女のテクストの是非を読み解こうとするポーランド系の若き医師クークロウィッツ、この三人を中心に舞台が展開する。

息子は四十歳で死ぬまで一年に一篇ずつ「夏の詩」を書いていた詩人。その息子と毎年夏には恋人同士のように旅をした。そう話すヴェナブル夫人のテクストは、息子への近親相姦的愛情を隠蔽しつつ南部上流社会の象徴的親子像を描いた自己陶酔的フィクションに他ならない。一場でこのヴェナブル夫人のテクストを聞いた医師クークロウィッツは、最終四場、夫人のテクスト読み直しを要請するキャサリン・テクストを読み込んでいく。要約すれば次のようなものである。

セバスチャンは昨年まで人目を引くために若々しい母親を旅行に同行させていた。しかし、この夏、夫人は卒中で顔の形がかわり、その美貌を失う。夫人を利用できなくなったセバスチャンは、キャサリンを代わりに連れ出した。同性愛者セバスチャンが、男を集める餌として彼女を使うのが目的だった。スペインのカベサ・デ・ロボの大衆海水浴場で、濡れると透き通る水着をキャサリンに着せ、若い男・子供が集まると、彼女を遠ざけ、その連中に金をばらまいた。そんなセバスチャンの最後は自分の性欲の対象だった者たち＝飢えた子供たちの楽隊に体中食いちぎられるという凄惨なものだった。

一幕、ある夏の出来事としてヴェナブル夫人は、ガラパゴス諸島エンカンタダス島の黒い食肉鳥の大群が無数の海亀の子を襲い腹を引き裂く話をする（一〇五）。その悽愴なイメージが、セバスチャンを襲う飢えた少年の群というキャサリンの話とオーヴァーラップする。強烈なカニバリズム（人肉嗜食）のイメージを喚起するキャサリンのテクストに真実を読みとり始めた医師の言葉で幕となる。

ミリー・S・バランジャー（Milly S. Barranger）は、同性愛と男あさり、というセバスチャンの影の部分をキャサリンが見抜くことができた理由として、彼女がフレンチ・クオーター出身である事実に着目する。そこで娼婦、酔っぱらい、性倒錯者などミスフィットたちの姿を知っていたからこそ、彼女はセバスチャンの影の姿を読み取れたというのである（四二―四三）。ガーデン・ディストリクトで同性愛を隠蔽して暮らすセバスチャンの孤独をキャサリンが理解できたのもそのせいである。他方、ヴェナブル夫人は、息子の欲望を満たし、ホモのパートナー斡旋人となっても、その真実を認めることはない。彼女の上品な物腰は古い淑女性の仮面でしかなく、息子の同性愛という現実を直視しようとしない彼女の態度が、セバスチャンの自己意識に影響をおよぼしていった（Watson 181）(4)。

ヴェナブル夫人が画策するキャサリンの記憶（＝テクスト）抹消を目的とした脳手術は、セクシュアリティを支配しようとする社会的宗教的ドグマを映し出す。無論、精神分裂として前頭葉切開手術を強要され、自らのテクストを物語る機会を奪われたウィリアムズの姉ローズ（Rose Isabel Williams）の姿が、キャサリンに投影されているのは言うまでもない。

『この夏突然に』が表すフレンチ・クオーターとガーデン・ディストリクトというニューオーリンズ

の二元性は、同性愛者ウィリアムズを含めた社会の逃亡者たちと、かれらを排斥し、さらなる周縁項化を強要する社会との対立関係を照射したテクストなのである。

パリンプセスト（Palimpsest）(5)——ニューオーリンズとウィリアムズの間テクスト性(6)

バランジャーは、ウィリアムズにとってニューオーリンズが持つ芸術的イメージの圧巻は、ウィリアムズの祖父（ウォルター・エドウィン・デイキン牧師、Rev. Walter Edwin Dakin）の監督教会主義と母親（エドウィナ）のかたくななピューリタニズムと対峙するものであると指摘している（五四）。しかし、今一つ忘れてならないのは、ウィリアムズの父コーネリアス・コッフィン・ウィリアムズ（Cornelius Coffin Williams）に象徴される南部家父長制社会のマチーズモ（machismo）崇拝とホモフォービアである。ニューオーリンズに来るまで、若きウィリアムズは家父長制主義的男性性を信奉する父親からフェミニンな息子として「ミス・ナンシー」と呼ばれ（Leverich 83）、自分の女性性に対する父の嫌悪と侮辱に苦しんだ。祖父と母の宗教的倫理観以上に、南部家父長制の男性性規範が大きな性的規制枠としてウィリアムズのセクシュアル・アイデンティティを制限していたのである。フレンチ・クオーターのボヘミアニズムは、ウィリアムズのセクシュアリティを抑圧してきたホモフォービックなこれらの社会的宗教的拘束力からの離脱と解放を彼に与えた。しかも、クオーターとガーデン・ディストリクトという二つの文化圏は、クイアを含めた社会的ミスフィットと、彼らを周縁項化する社会的ドグマの軋轢を表すマイクロコズム（縮図）を提供する。ウィリアムズは、自らの中に存在したホモセクシュアリティと支配的社会通念の対立関係を読み直し、自らのセクシュアル・アイデンティティ書き直しによって、同性愛作家テネシー・ウィリアムズという自己テクスト成形・再成形プロセスを稼働させていく。

三作のテクスト、あるいは劇中人物が紡ぐテクスト内テクストは、ウィリアムズ自身のリリード・リライト・プロセスをアレゴリカルに再現・表象する装置、ニューオーリンズとウィリアムズの間テクスト性をめぐるメタ・テクストだと言える。そして、ニューオーリンズは、Reread, Rewrite の "Re-" を促すパリンプセスト発動のサイトとなる。

注

（1）Qtd. in Holditch (12).

（2）「テネシー・ウィリアムズ／ニューオーリンズ文学祭」情報は、同文学祭のホーム・ページ http://www.tennesseewilliams.net/ で入手できる。

（3）この小論で扱うウィリアムズ作品三作の参照ページ数は、*Tennessee Williams: Plays*. 2 vols. (New York: The Library of America, 2000) によるものとする。

（4）息子を溺愛する母親像に関して、チャールズ・S・ワトソンは、子供に対するウィリアムズの母親の独占欲と、病弱な子供時代ウィリアムズが母親に長く依存しすぎたことが、エディプス・コンプレックスに対して彼が特別な洞察力を持つ要因になったと論じ、エディプス・コンプレックス型の変奏として『欲望』のミッチを挙げている（Watson 181）。

ウィリアムズは自分と母の関係、そしてその関係に内在する問題を、『この夏突然に』の中で性衝動をめぐる親子の問題として作品化したが、それを可能にした少なからぬ要因は、ニューオーリンズでの暮らしであったと思われる。フレンチ・クオーターでの生活は、彼に自分自身の性的志向と母親との関係を再読する機会を与えた。『この夏突然に』に描かれたセバスチャンとヴァイオレットの関係はまさにウィリアムズによる彼自身の再読によって書き直した母子の性的関係の舞台化だと言える。それは同時に、古い南部社会の性的抑圧性の演劇化であり、その舞台となるガーデン・ディストリクトは、フレンチ・クオーターと対極をなす抑圧的旧南部のマイクロコズムとして定位される。

（5）パリンプセストは、川口喬一・岡本靖正編『最新文学批評用語辞典』（研究社出版、一九九八年）で、次のように説明されている。

重ね書き。もともと、紙が発明される以前の羊皮紙の時代、最初のテクストを消して、その上に新たなテクストを書き付けたもの。古いテクストが完全に消えていなかったり、また最近の科学的方法によってテクストが判読可能になったものもある。しかし最近は、一つのテクストに見られる多層的意味を言うのにこの語を使ったり、間テクスト性の概念の普及によって、テクストの純粋な自律性が否定され、一つのテクストの下にはいくつもの先行するテクストが隠れている（＝重ね書きされている）という意味で、この語を用いることがある。たとえばT・トドロフは「あらゆるテクストはパリンプセスト」であり、「あらゆるテクスト性は間テクスト性」であると言う（二一五）。

（6）『最新文学批評用語辞典』は間テクスト性（intertextuality）を、次のように説明している。

J・クリステヴァ（Julia Kristeva　著者補足）の用語。あらゆる文学テクストは先行する他の文学テクストと相互依存の関係にあるという考え方。クリステヴァによれば、孤立したテクストというものはなく、あらゆるテクストは他のテクストを吸収・変形させた、モザイク模様をした引用の織物であると言う。しかしそれは伝統的な文学史観に基づいた縦の影響関係のことではなく、テクスト間の相互の記号体系のフロイト的転移、すなわち、一つの種類の言説の意味が別の種類の言説の意味の上に重ね書きされること（↓パリンプセスト）であると言う（六二）。

第八章　ブラック・ニューオーリンズ

ブラック・ニューオーリンズ
——見えざる作家たち、クリスチャン、デントそしてサラーム

山田裕康

三日月の町にあふれる音楽

わたしが生まれたときも、大きくなっていくときも、ニューオーリンズには音楽があふれていた。いたるところブラスバンドという時代だった。ミシシッピー河のショーボートでも昔のように音楽が演奏されていた。キャバレーやカフェも数多くあって、ジェリー・ロール・モートンやキング・オリヴァーらのミュージシャンが演奏していた。ラグタイム、ジャズそしてブルースもいたるとろで演奏されていた。(1)

ジャズの化身ルイ・アームストロングとニューオーリンズ・ジャズの伝統と未来を繋ぐウィントン・マルサリス

このように述懐するのは、ニューオーリンズの黒人街に生まれ、のちにゴスペルの女王と呼ばれるようになったマヘリア・ジャクスン（Mahalia Jackson, 1911-1972）である。彼女が語ったように、ニューオーリンズには音楽があふれ、それは今も変わらない。音楽はニューオーリンズのシンボルであり、その音楽といえばジャズということになる。奴隷の子孫であるニューオーリンズの黒人たち――伝説のバディ・ボールデン（Buddy Bolden, 1877-1931）、キング・オリヴァー（King Oliver, 1885-1938）やジェリー・ロール・モートン（Jelly Roll Morton, 1855-1941）らが、アフリカのリズムやビートとフランスやスペインなどヨーロッパ系の音楽を混淆した種を蒔き、ルイ・アームストロング(Louis Armstrong, 1901-1971）らが革新的な方法を駆使して花を咲かせた結果、ジャズはアメリカ文化の精華となり世界中の愛好者を持つにいたった。現在もウィントン・マルサリス(Wynton Marsalis, 1961-)やニコラス・ペイトン(Nicholas Payton, 1973-)などがジャズの花を咲かせ続けている。しかし黒人たちはジャズだけを生んだのではない。ジャズの要素とルンバ、カリプソなどカリブ海域からのリズムやビートを混淆したセカンド・ライン(もともとブラスバンドの後を練り歩く人々の列を意味するが、のちにシンコペートするリズム/ビートを指すようになる)に基づくニューオーリンズ独特の音楽——ニューオーリンズのリズム・アンド・ブルース、ファンクを創造していく。プロフェッサー・ロングヘア(Professor Longhair, 1918-1980)、アラン・トゥーサン(Allen Toussaint, 1938-)、ファッツ・ドミノ(Fats Domino, 1926-)、さらにグループのミーターズ(Meters)、ネヴィル・ブラザーズ(Neville Brothers)らが、その原動力であった。また先にふれたマヘリアを育んだ黒人教会の伝統も絶えず、ジェイムズ・ブッカー(James Booker, 1941-1983)らの優れたゴスペル・ミュージシャンをも生み出したのである。彼らの一部を除くと、その音楽はジャズに比してメインストリームの光を浴びることなく、ローカル・サウンドと見なされ、文字どおり「セカンド・ライン」を歩くことになる。

それではニューオーリンズの黒人たちの文学の状況は、如何なるものであるのか。町にあふれる黒人音楽に比べると、残念ながら見えざる状況である。しかし、ローカル作家として片づけられない重要な黒人作家がいる。以下に二十世紀の主要な作家を概観してみよう。

知られざる巨匠――クリスチャン

ニューオーリンズのアフリカ系アメリカ人の現代文学を語るうえで最初にとりあげるべき作家は、「学者としてまた詩人として、ニューオーリンズおよびルイジアナの人々に大きな遺産を残した」とルドルフ・ルイス（Rudolph Lewis）が評した、マーカス・クリスチャン（Marcus Christian, 1900–1976）である。[2] ニューオーリンズの桂冠詩人とも言われたクリスチャンは、一九二〇年代から詩作を始め、三〇年代初めには黒人向けの『ルイジアナ・ウイークリー』（*Louisiana Weekly*）紙の詩人コーナーを担当し、自らもそこに自作を発表し続けていった。三七年には『ルイジアナ・ウイークリー』紙に掲載された詩を編集し『深南部より』（*From the Deep South*）を刊行、四五年と四八年には長編詩『追悼――フランクリン・デラノ・ローズヴェルト』（*In Memoriam — Franklin Delano Roosevelt*）、『大衆の第二次世界大戦宣言』（*Common People's Manifesto of World War II*）を出版。さらに五八年には詩集『ハイ・グラウンド』（*High Ground*）を編集、ニューオーリンズ誕生二五〇周年にあたる六八年には、長編詩『わたしはニューオーリンズその他』（*I am New Orleans*

わたしはニューオーリンズ――マーカス・クリスチャン

and Other Poems by Marcus Christian, 1999）を出版した。これらは私家版で出されたもので、残念ながら現存しない。彼の詩の世界を知る手がかりは、先述のルドルフ・ルイスらが編集した『わたしはニューオーリンズその他』など、わずかしかない。[3] ここではルイスらが編集したものをもとにクリスチャンの詩を検討する。

どんな詩でも
目的をもって書かれる
臆することなく
書き手の望みをこめて

どんな歌でも
ひとりで歌うためのものではない
成果がなにもないなら
わたしたちはすべて石になるがいい（「弁明」"Justification" 三一）

あるいは、

わたしは古物商
過去の物を売りに出す
型を変えてすばらしくなった物を
やさしく両手につつむ
ことば、懐かしいことばが、いまでも心をあたためてくれる……色あせた記憶
さまざまな思い出
高価な値で買われた物が
ただ同然に売られる……わたしは古物商
琴線をあきなう（「古物商」"Antique Dealer" 三三一四）

これらの詩行は詩人としてのクリスチャンの役割を表明するものである。後者の詩を、ロイアル・ストリート、チャーターズ・ストリート、マガジン・ストリートなどに多数あるアンティーク・ショップと重ね合わせれば、ニューオーリンズのイメージが広がっていく。そこには、十八世紀半ば以降にニューオーリンズに入植したフランス人、スペイン人の栄華、元奴隷たちの様子など、さまざまな記憶を物語る骨董品が現存するのである。ところで、意図の誤謬を恐れず「どんな詩でも目的があ

る」と書いたクリスチャンの詩のテーマは、先に引用した詩に表明されている「詩人としての役割」、さらに「愛」、「黒人の歴史的・社会的・政治的状況」、「黒人のルーツであるアフリカへの思い」というこことになるが、それらが重なることも多い。例えば、「夢を見る人」("The Dreamer") は、「わたしは夢想家、その夢は／実現しそうもない奇妙なもの」という詩行から始まり、「わたしはあらゆる芸術の根源……胸が張り裂けても／わたしの夢を世界に投げかける」(三八) と結ばれている。この作品には、二十世紀指揮界の巨匠であった「アルトゥーロ・トスカニーニへ」との献辞が付されている。これから推測すると、この作品は、ことばの指揮者＝詩人になることへの意志表示、詩人の役割を綴ったものと解釈できる。しかし、同じ作品の「わたしは険しい岩の上に立つ、わたしは川に橋をかける／わたしは色あせた記録をよみがえらせ歌わせる」という詩行に注目すれば、道なきところに道を作ろうとする夢、のちにマーティン・ルーサー・キング牧師 (Martin Luther King) の「わたしには夢がある」ということばに凝縮されたような、自由と平等を求める黒人たちの夢を語る「黒人の社会的・政治的状況」の詩ともいえよう。いずれにせよ、黒人たちの「夢の番人」だったのがヒューズ (Langston Hughes, 1902–1967) なら、クリスチャンは「夢の指揮者」である。彼がタクトを足元に振ると、ニューオーリンズが歌われる。「正午のカナル・ストリート」("Canal Street At Noon" 三五) や「黒人貴族」("Black 'Ristecrats" 三六) からは、持つ者と持たざる者が行き交うストリートの声や、底辺にいる黒人の嘆きが聞こえてくる。「分離はすれど平等」("Separate, But

Equal" 六六）からは差別バ人の中の光景が浮かび上がってくる。ブルース形式と黒人のことばに創意を加えた「男がブルースを残して行った」（"Man Done Left Me Blues" 四八）や「クレオール・ママ」（"Creole Mammah Turn Your Damper Down" 四九）では、女や男の恋い焦がれる思いが、そして「禁断の果実」（"Forbidden Fruit" 五三）、「近寄らないでくれ、かわいい白人の娘さん」（"Keep Your Distance, Lil White Gal" 五四）では異人種間の恋と、それが引き起こす黒人リンチへの恐れが不気味なトーンで歌われている。クリスチャンがそのタクトをかなたに向けると、アフリカへの思いが奏でられる。「わたしは文明の夜明けのただひとりの番人だった」（八二）で始まる「アフリカ人」（"The African"）やヨーロッパ列強のエチオピア侵入を阻んだ皇帝メネリクを回想した「メネリクのドラム」（"Drums Of Menelik" 八五）にはパンアフリカニズムの響きがある。これらの集大成が「わたしはニューオーリンズ」（"I Am New Orleans"）だ。

わたしはニューオーリンズ
南部の女神
アラビアンナイトの怪奇で幻想的な
伝説の都

わたしはアメリカの縮図
あらゆるものの混淆
ラテン系、北欧人、アフリカ人
インディアン、ヨーロッパ人、そしてアメリカ人（一〇一）

これに続いて、ニューオーリンズの成立事情、時代ごとの出来事、さまざまな声、言語、ブルースとジャズの響き、ミシシッピー河に浮かぶ船、マルディ・グラの行進。ニューオーリンズのあらゆる要素が盛り込まれていく。この作品は、クリスチャンのシンフォニーである。

クリスチャンは詩以外にもブラック・ニューオーリンズに大きな貢献をしている。一九三〇年代半ばに、連邦作家雇用促進計画の黒人グループの指揮を執り、ニューオーリンズおよびルイジアナ黒人の歴史・文化の資料発掘にあたった。そして、*A Black History of Lousiana* など膨大な歴史書を書き上げるが、未刊のままになっている。その間、クリスチャンは、『ピッツバーグ新報』（*Pittsburgh Courier*）誌のコラム担当ジョージ・スカイラー（George Schuyler, 1895-1977）に地元の黒人作家の文学作品を紹介して、文学不毛のニューオーリンズというイメージを払拭する。また、スターリング・ブラウン（Sterling Brown, 1901-1989）の要請に応じて、彼にルイジアナの奴隷やマルディ・グラ、民謡、ヴードゥーのマリー・ラヴォーなどに関する資料を送った（七一一八）。以上のような創作活動とニューオーリンズ黒人の歴史と文化を全米に知らしめんとしたクリスチャンの努力も報われず、アメリカ文学の文脈では無名のままで帰らぬ旅に出てしまったのである。トム・デント（Tom Dent, 1932–1998）が述べたように、彼が残した多数の「未刊の詩と短編小説、ルイジアナ史、ニューオーリンズおよびルイジアナの言語に関する資料などを編纂して出版すべきである。現存している刊行物でこれらに匹敵するものはない」（一七）のである。このようにクリスチャンを評したトム・デントもまた、ニューオーリンズのルネサンスに情熱を注いだ作家である。

仮面を剝ぐ――トム・デント

トム・デントはニューオーリンズのディラード大学学長であった父アルバートと、黒人として初めてジュリアード音楽学校の奨学金を得てコンサート・ピアニストとなった母ジェシーの間に生まれた。父の大学のキャンパスで少年期を過ごした彼は、モアハウス、シラキュース、ゴダードの三大学で学んだ。一九五九年にニューヨークに行き、黒人向けの新聞の記者を務めながら作家になることを志す。そして六二年に黒人詩人デイヴィッド・ヘンダースン（David Henderson, 1942–）、イシュメイル・

ブラック・ニューオーリンズの再生をめざしたトム・デント

リード（Ishmael Reed, 1938–）らと創作グループ「ウムブラ」（Umbra）を結成し創作活動を始めた。「黒人詩人が黒人のことばを使って朗読するという考えは実にユニークだった。他にそういったグループはなかった」と、デントは当時を振り返っている。[4] しかし、アミリ・バラカ（Amiri Baraka, 1934–）たちが主導する黒人解放のための芸術を目指す「ブラック・アート・ムーヴメント」の感化を受け、政治と芸術との関わりに焦点を合わせざるをえなくなる。後年、「ウムブラからの十年」（"Ten Years After Umbra"）という自身の詩のなかでその事情を語っている。ニューヨークのイースト・ヴィレッジでのボヘミア的生活をあらため、「それから僕らは裸になり／魂をうばわれ……何かが僕らの心を／ふいに膨らませ／閃光のようになった」。「ウムブラ」の詩人たちはそれぞれの道を歩きだす。「僕にとっての道は／ミシシッピーの泥道／どこまでも／はてしなく遠い」。[5] ウムブラを解散し、芸術と公民権運動との接点を求めて南部へもどることになるのである。

一九六五年にニューオーリンズへもどったトム・デントは、黒人コミュニティと黒人解放のための芸術とを結び合わせることに全力を注いだ。公民権運動を推進し、黒人像を変革するためにミシシッピー州で創設された「自由南部劇団」（Free Southern Theater）に加わる。その後、ニューオーリンズの黒人貧困街である第九区（欲望という名の地域）に移った同劇団の演出部長となり、グループの指導にあたった。さらに、六八年に共同創作グループ「南部黒人芸術」（BLKARTSOUTH）、七三年にはコンゴ・スクエア作家協会（Congo Square Writers' Union）などの中心となり、自身の創作と作家を志す若い世代の育成に励む。この頃の苦闘を「ラングストンへのメッセージ」（"A Message for Langston"）というヒューズに捧げた詩で明らかにしている。「ねえラングストン／たいした変わりはないよ／白人たちは月へ行った／けど僕らはいまでも底辺の／ゲットーで五セントを求めてる／玉突きのために」という第一連で、アポロ計画にわく時代を浮かび上げ、第二連では黒人作家にとって困難な状況を訴える。「いまでは僕らの詩人もふえ／自らを語っている／黒くて誇りがあり美しいと／それがわけなく／ことばになるようだ／あなたの時代にはことばにしにくかった／黒は美しいと」(6)。この詩はヒューズが亡くなった年（一九六七年）の翌年に書かれたものだ。

一九二〇年代から、あらゆる角度から「アメリカの黒人であることとの意味」に創意をこらして訴え続けた偉大な詩人ラングストン・ヒューズ。彼以降の黒人は何を書けば創造的な作家になりうるのか。ただ黒さを強調するだけで一篇の詩は書けるだろう。しかし、そのあとは、そこからどこへ目を向けるのか。しかも、公民権運動が高揚した六〇年代も、南部そしてニューオーリンズの黒人コミュニティに大きな成果をもたらさなかった。ヒューズとのダイアローグを通して、作家としての、また、個人としての喪失感に苦悶するトム・デントを想像できるだろう。「ブラック・アート・ムーヴメント」に感化されながらも、たんに「黒さを強調する」作家になりたくないというトム・デントの思いが、さらに深くニューオーリンズを探求させることになるのである。

ニューオーリンズはつかみどころのない多面性を持つところとして、いく人かの優れたアメリカ作家の焦点となってきた。しかし黒人としてのわたしは、この都市の黒人コミュニティとその文化を描くことが重要に思えた。それらは音楽を通して、見事なまでに表現されてきたのである。しかし、文学においてはほとんど無視されているのだ……ニューオーリンズはアフリカのディアスポラからなる強力な前哨部隊だ。音楽、ダンス、料理、衣装、言語、ドラムなどアフリカのディアスポラ文化の連続体なのである。わたしはこう思う。ニューオーリンズはメインストリームのアメリカよりも、カリビアン・ディアスポラや母国アフリカとの密接な関連があるのだ。（M序文）

苦闘の末に作家として以上のような視点を持つようになったトム・デントは、『マグノリア・ストリート』（*Magnolia Street*, 1976）、『ブルーライトおよびリヴァー・ソング』（*Blue Lights and River Songs*, 1982）の二冊の詩集を出した（前者は自費出版であり、これに収めてある作品のいくつかは後者に入っている）(7)。これらに編まれた詩のテーマは、彼が明らかにしたように黒人のコミュニティとその文化である。それらを形成している人々とのダイアローグによって、トム・デントはニューオーリンズの過去と現在、黒人のアイデンティティを確認しようとする。

「ちびのルイへ」（"For Lil Louis"）

ルイ　僕はいまわかろうとしている　あなたはここでどんな人だったのかを
　どうしてこの地を離れて行ったのかを
どんなふうにあなたは人々に勇壮華麗な音楽を与えたのかを
どんなふうに生き延びてきたのかを
大量の血のなかを
黒人たちの不満が煮え立ち日々の虐殺に変わるところを
ほんとうにヌーオー（New O）はそんなことはおなじみのところだから（M一）

この作品は、ニューオーリンズ時代に「ちびのルイ」というニックネームで呼ばれていたルイ・アームストロングに捧げた詩だ。アメリカの華である音楽の歴史を作ったのがニューオーリンズ生まれのジャズであり、その代表がルイであることは誰もが知っている。しかしジャズが生まれた背景は、また、いつも満面の笑みで演奏していたルイの内面はどのようなものであったのか。トム・デントはそれを問いかけている。暴力に満ちたニューオーリンズの新旧を対比した詩行のあと、「ルイ　僕はいまわかろうとしている　ほんとうの／あなたを／ステージを降りた暗闇のなかのあなたを」が続く。

最終連は、「いつかダンサーたちが憤激し／このちっぽけな歴史が／ばらばらになるだろう／へつらいの仮面が落ちるときに／月だけにしかわからない／ほんとうのルイは」と結ばれる。この作品でデントは「ジャズ」をアフリカン・ディアスポラ文化のメタファーに用いている。また、「へつらいの仮面」は絶えず笑顔で演奏したルイの仮の姿であり、さらに聴衆の前でジャズを奏でる無数のミュージシャン、ふつうの黒人の姿に重なっていく。「ダンサー」は、暴力が充満する黒人コミュニティで、ジャズ・バンドの後を練り歩き踊る「セカンド・ライン」だ。昔からこの列に加わる者は、ジャズによって霊に憑かれたように踊る。ルイのジャズを聴けば、二十世紀初期のニューオーリンズの光景が見えてくるではないか。「セカンド・ライン」はいまも存在する。白人社会から閉め出され、閉塞感にあえぎ、自己を喪失しかけている彼らが、ジャズの霊からさめたときに――仮面をすてたときに、いつ暴力に走るかもしれないのである。デントはこれと同じテーマを「秘密のメッセージ」（"Secret Messages"）という作品で展開している。

雨
雨がこの街を浸す
ロイアル・ストリートのプラリーヌの売店につるされた
縫いぐるみの黒人の女たちを

僕らがとおり過ぎて行くとき
それを確認（M二八）

ニューオーリンズ特有の雨がこの詩のメタファーとなっている。これは相反する意味をもつ雨だ。つまり、ニューオーリンズの黒人を解放する力となる雨（公民権運動の成就）であるか、黒人を暴動に誘う力（白人の抑圧）であるのか。いまは「へつらいの仮面」をつけている黒人たちに、その仮面を落として、先のいずれかに向かわせる雨である。この作品は、そうした事情を詩の読み手に送るメッセージだ。第一連に続く詩行には、フレンチ・クオーターの光景、奴隷制時代に反乱を図り虐殺されたアフリカの王子ブラ・クペ、一九七三年に警官と銃撃戦を交えた無職の黒人マーク・エセックスなどの過去と現在の人物を描き出して、読み手にこの街のイメージを拡大させていく。

そしていつか　だれもそれを確認していないとき
真夜中のセント・ルイス第一墓地で
ドラム奏者がよみがえり
秘密のメッセージを打ち続け
あらゆる仮面が落とされるだろう

……

雨

雨がこの街を浸す（M二九）

かつて奴隷たちが、反乱の通信手段にドラムを用いたことを思えば、この「秘密のメッセージ」は、ニューオーリンズの黒人に対する革命へのメッセージにも読み解けるのである。以上の作品の他、『マグノリア・ストリート』と『ブルーライトおよびリヴァー・ソング』には、ニューオーリンズの伝統と、黒人たちの感情を喚起させるものが収められている。

トム・デントは演劇の分野においても、黒人たちの感情と黒人街を喚起させる作品を書いた。一九七六年に「自由南部劇団」のためにプロデュースした『儀礼殺人』（*Ritual Murder*）は、現在でも重要な問題となっている黒人の黒人による殺人（ブラック・オン・ブラック）を描いたものである。「欲望地域」に住むジョー・ブラウンが友人ジェイムズ・ロバーツのことばに激怒して、彼をナイフで刺殺してしまう。しかしジョーの殺人の動機は、彼と関わりのある人たち――両親、妻、ジョーの元教師、黒人の精神科医らに理解できない。この『儀礼殺人』はテレビのドキュメンタリーという設定になっており、時間はドキュメンタリーのホストが進行させていくという斬新な方法がとられている。殺人の理由を解こうとするホストが、関係者の誰にたずねても、明確な答えが得られないままドキュメンタリーの終わりに近づく。

ナレイター：動機なき殺人があるとすれば、これは土曜の夜に、我々黒人の間に絶えず起こっているのですが、それは儀礼殺人なのです。……つまり、確たる動機はない。しかし動機はあります。それは個人的なものと共同的なものの双方です。(8)

黒人個人とコミュニティ双方の現実感覚喪失をデントは訴えているのだが、その原因の解明は観衆にゆだねられるのである。

以上に検討したことから、トム・デントは、「ブラック・アート・ムーヴメント」に呼応する作品創出に成功したといえるであろう。遺作となった『南部の旅』(*Southern Journey*, 1997)では、公民権運動の発端となったランチ・カウンターでのシットインがおこなわれた、ノースカロライナ州スコッツボロから聞き書きの旅を始める。そこからジョージア、アラバマ、そしてミシシッピー州の泥道を車で駆け抜けたトム・デントが得たことは、公民権運動後の黒人間の分裂、運動の拠点のゴーストタウン化、そして以前よりも巧妙な差別の実態であった。(9)この本が出版された翌年、トム・デントはニューオーリンズに永遠にもどらぬ旅に出たのである。

ニューオーリンズの原点へ――カラム・ヤ・サラーム

マーカス・クリスチャン、トム・デントに続くのがカラム・ヤ・サラーム（Kalamu ya Salaam 1947-）だ。トム・デントが中心となっていた先述の「自由南部劇団」へ一九六〇年代末に加わり、一九七〇年に生誕名ヴァレリー・ファーディナンド（Vallery Ferdinand）をスワヒリ語で「平和のペン」という意味の現名に変えたサラームは、『デモ隊』（*The Picket*, 1968）、『黒人解放軍』（*Black Liberation Army*, 1969）など、これまでの黒人像をすてて変革を志す黒人の女や男が登場するドラマを書いて同劇団に貢献する。七二年には、「わたしたちは、黒人のための新しい、独創的な文芸作品を育て上演するという目的を実現しようとしていた」と述べ、同劇団の代弁者にまでなった。(10) 七三年、黒人文化民族主義的グループ「アヒディアナ（Ahidiana）」（スワヒリ語で相互誓約の意）を結成し、アメリカおよびアフリカの黒人解放のための文学創出をめざすようになる。ここにいたって、サラームはニューオーリンズの黒人文学者のリーダー的な存在になるのである。

しかし、このグループを八四年に解散したサラームは、これまでの黒人運動および文学がなぜうまくいかなかったのか、と自己に問いかける内省期に入っていく。この間に書いた詩とエッセイを集めた『生とはなにか』（*What Is Life?*, 1994）のなかで、サラームは、一九七〇年代から八〇年代の黒人運動と文学を取り巻く状況を明るみに出している。これまでの公民権運動は、黒人のアイデンティティをすてさり、白人の価値観が主流である社会への統合をめざしていたのではなかったか。また、運動が女性やゲイの声に耳を傾けてこなかったのではなかったか。そうした声を表現している黒人女性作家の作品に、なぜ黒人男性作家は沈黙しているのか。こうした疑問に答えること、つまり、アメリカ人であることと黒人であることの両者を、ともに尊重し、それに加えて、多様な文化からなる社会を認めることによって、アメリカがほんとうの意味で民主主義になりうる、とサラームは訴えるのである。「けっきょく」、とサラームは言う、「アメリカとはクレオール文化、ムラート文化、メスティーソ文化なのである。[11]」従来のアメリカニズムを拒否することが、未来のあるべきアメリカニズムに到達する。その原型は多文化からなるニューオーリンズである。サラームはそこまで言い切っていないが、彼の内省期に、このような認識にいたったにちがいない。さらに、未来に向けての黒人の生のありようを、「ブルースの美学」という概念でサラームは再確認する。それは奴隷制時代以降に生まれた黒人の音楽を意味するだけではなく、矛盾する現実を生き抜くための率直さと諧謔性、おおげさな誇張、今の敗者は先の勝者であるという未来観などでもあるのだ。このブルースの美学は、現在の黒人音楽であるラップやファンクのミュージシャンにも体現

多文化社会のニューオーリンズを再確認するカラム・ヤ・サラーム

されている。[12] サラームの説く「ブルースの美学」は、ことさら目新しいものではない。しかし、これを再確認することが、先に待つ理想の多文化社会への第一歩となる、と言うのであろう。

九〇年代に内省期から脱出したサラームは活動を再開した。黒人の創作グループ「ノムモ」（NOMMO）を結成して地元の作家育成に力を注ぎ、また、出版社ラナゲイト（Runagate Press）を設立する。九六年には、自身の詩の朗読とブルースやジャズ・ミュージシャンとの共演によるCD『わたしの話、わたしの歌』（*My Story, My Song*, AFO Record）を出した。このCDの最初の作品「コンゴ・スクエア」（"Congo Square"）は、コンゴ・スクエアの過去についての詩を朗読するサラームと、パーカッションとのアンサンブルが、ニューオーリンズの遠い記憶をよみがえらせてくれる。その他、十二の作品が収められているこの『わたしの話、わたしの歌』は、ニューオーリンズ黒人文化の結晶である。また同年、サラームは自身の出版社から、アメリカ、カナダ、ガーナ、南アフリカ、イギリスの黒人作家の作品を編集した『肥沃地帯』（*Fertile Ground*）を出版して、パンアフリカ的世界を提供する。九八年には、黒人を含むさまざまな文化を背景にもつ、ニューオーリンズの百人の詩人の作品を収めた詩集『河のほとりから』（*From A Bend In The River*）を編集し、同社から出版するのである。「詩は答えではない／詩は呼びかけだ……詩は権利ではない／詩は要求だ」という[13]サラームの詩を含めたこの詩集は、新しいニューオーリンズの宣言集だ。今やサラームは、黒人を含むニューオーリンズ文学を活性化する作家の代表と言えよう。

以上に検討した作家たちは、アメリカ黒人文学の「セカンド・ライン」を歩く者たちである（ノートン版の『アフリカン・アメリカン文学選集』（*African American Literature*, 1997）には、ここにとりあげた作家は入っていない[14]）。しかしながら、多元文化社会に向かうアメリカを考慮するなら、黒人文学の、さらにはアメリカ文学の第一列に加えるべき作家たちではないだろうか。

注

（1）Mahalia Jackson, *Movin' On Up* (Hawthorn Books, Inc., 1966), 29.

（2）Rudolph Lewis and Amin Sharif eds., *I am New Orleans and Other Poems by Marcus Christian* (Xavier Review Press, 1999), 10. 以後ここからの引用は末尾の数字で示す。

（3）クリスチャンの詩は、Langston Hughes and Arna Bontemp eds., *The Poetry Of Negro* (Anchor Press 1970) に二篇、Jerry W. Ward, Jr. ed., *Trouble the Water* (Mentor, 1997) に三篇収められている。

（4）Lorenzo Thomas, "Tom Dent," in *Dictionary of Literary Biography*, vol. 38, eds., Thadious M. Davis and Trudier Harris (Gale Research Company, 1985), 88.

（5）Tom Dent, *Magnolia Street* (Thomas C. Dent, privately printed, 1987), 22-23. 以後ここからの引用はMとし数字は頁を示す。

（6）Tom Dent, *Blue Lights and River Songs* (Lotus Press, 1982), 26.

（7）注（5）、（6）参照。

(8) Tom Dent, *Ritual Murder,* in *Black Southern Voices,* John Oliver Killens and Jerry W. Ward, Jr. eds., (A Meridian Book, 1992), 324.

(9) Tom Dent, *Southern Journey* (William Morrow & Company, Inc., 1997).

(10) Kalamu ya Salaam, "BLKARTSOUTH/get on up!" in Abraham Chapman ed., *New Black Voices* (Mentor Book, 1972), 468.

(11) Kalamu ya Salaam, *What Is Life?* (Third World Press, 1994), 179.

(12) Ibid., 12-15.

(13) Kalamu ya Salaam, "The Call Of The Wild" in Kalamu ya Salaam ed., *From A Bend In The River* (Runagate Press, 1998), 188.

(14) Henry Louis Gates Jr. and Nellie Y. McKay, eds., *African American Literature* (Norton, 1997).

第九章　アン・ライス

迷えるヴァンパイア
――アン・ライスのニューオーリンズ

丸山美知代

ヴァンパイア・クロニクルとの遭遇

一般にゴシック・ホラーの女王と呼ばれるアン・ライス（Anne Rice, 1941-）は、少なからぬ熱狂的ファンをもつとはいえ、アカデミックな文学史で大きく取り上げられたことはなく、研究の対象となったこともあまりない。アメリカ文学の多様性に力点を置いて編纂された『コロンビア米文学史』（*Columbia Literary History of the United States*, 1988）[(1)]にさえ、伝統的なリアリズムよりもホラー、ミステリー、ポーノグラフィーといったジャンルに表現の活路を見出す現代女性作家の一人として、『インタヴュー・ウイズ・ザ・ヴァンパイア』（*Interview with the Vampire*, 1976）（田村隆一訳『夜明けのヴァンパイア』早川書房、一九八七年）（以下『インタヴュー』と表記）と『ヴァンパイア・レスタト』（*The Vampire Lestat*, 1985）（柿沼瑛子訳、扶桑社、一九九四年）（以下『レスタト』と表記）のヴァンパイア・クロニクル二作品とともに名前が挙がっているにすぎない[2]。たぶん今後もスティーヴン・キング（Stephen King）らと、エロチカ、ファンタジー、ゴシックという項で控え目に論じられることになるのだろう。しかし実際のところアン・ライスはニューオーリンズが生んだ途轍もないベスト・セラー作家なのである。

一九九四年の夏、三度目のニューオーリンズ滞在中のこと、私がホテルのクラークに「ニューオーリンズに住んだ女性作家の家を探しに行く」と話したところ、即座に「アン・ライスの家ならどこか教えてあげられるよ」という答えが返ってきて、「アン・ライス」を知らない私は大いに戸惑った。しかも「ケイト・ショパン」（Kate Chopin, 1851-1904）に何の反応もなかったのには一層驚いた。「今はニューオーリンズといえばケイブル（George Washington Cable, 1844-1925）でもショパンでもなくアン・ライスなのか。そういえば空港のブックスタンドには必ずアン・ライス名義のけばけばしい表紙絵のペーパーバックがあったなあ」というのが、私の素朴な感慨であった。その後、何となく気にとめながら、もっぱらニューオーリンズへの私的ノスタルジーに浸るためにライスを読んできた。ヴィクトリア朝文学を模したような官能的で装飾過多の文体はアン・ランプリング（Anne Rampling）やA・N・ロクロール（A.N. Roquelaure）名

アン・ライス 1982

で発表したエロチカにはふさわしいが、ヴァンパイア・クロニクルにおいても、その文体がライスの「哲学的・美学的本質」を見えにくくしているように思える。現時点までに続編として『呪われし者の女王』(*The Queen of the Damned*, 1988)、『肉体泥棒の物語』(*The Tale of the Body Thief*, 1992)、『悪魔メムノック』(*Memnoch the Devil*, 1995)、『ヴァンパイア・アルマン』(*The Vampire Armand*, 1998) が出版されており、すべて扶桑社から邦訳も出ている(文献参照)。さらに今後もアン・ライス・ワールドを豊かにするようなヴァンパイア物語が生み出されるだろう。だが本論では主に彼女に富と名声をもたらしたヴァンパイア・クロニクルの出発点『インタヴュー』を取り上げ、それが奇想天外なプロット頼みの「安っぽいヴァンパイア物」にすぎないのかを考察する。そこに見え隠れする子供時代のニューオーリンズ体験に根ざした、ライスの「哲学的・美学的本質」を明らかにしたうえで、彼女をエンタテインメントに腐心するだけの流行作家と切り捨ててよいものかあらためて問うてみたい。

饒舌なヴァンパイア

一九七八年にクノップ社から出版されてベスト・セラーになった『インタヴュー』は、一七九〇年代から二百年生きているヴァンパイアだと主張する若者ルイが、現代のサンフランシスコで青年インタヴュアーの質問に答えるという自叙伝の体裁をとっている。最初は懐疑的なインタヴュアーの視点が気になるが、遂にはヴァンパイアになりたいとインタヴュアーが志願するほどに、話は信憑性を帯びるに至る。このようにライスのヴァンパイア物の斬新さの一つは、聞き手や読み手の恐怖心を掻き立てる目的で作り出されたフォークロアや十八世紀以来盛んなゴシック文学のなかのヴァンパイア物とは異なり、ヴァンパイアによる一人称語りを採用していることだ。ゴシック独特の怪しさを生むには、怪しさの対象の核心をできるだけ迂回することが必要で、異形のものにその心情を直接吐露させるのは禁物である。もちろん怪物対人間という構図のなかでは、人間の視点で語るのが通例だ。ジャーナルや書簡の抜粋を繋ぎ合わせたストーカー（Bram Stoker, 1847–1912）の『ドラキュラ』（*Dracula*, 1897）は言うにおよばず、レ・ファニュ（Joseph Sheridan Le Fanu, 1814–1873）の『カーミラ』（*Carmilla*, 1872）も一貫して犠牲者の女性の視点で語られる。(3) 一方で夜の闇に紛れて獲物を捕らえては血を吸う吸血鬼が、ソニー製のテープレコーダーを前に苦悩や歓喜を吐露し、時に弁明までするとは、現代のヴァンパイアは随分と自己PR好きで饒舌になったものだが、そういう設定がパロディー特有の滑稽感を生むのは言うまでもない。そもそもヴァンパイアがインタヴューに応じた目的が何なのか定かでないが、現代のヴァンパイアに意外なほど適応力があるのは確かだ。しかも次作『レスタト』では、ルイをヴァンパイアにしたレスタトが現代に甦って『インタヴュー』を読み、虚無感にとらわれるルイのヴァンパイアとしての無知と臆病ゆえにレスタト像が不当に歪められており、ルイの資産を手に入れようとする冷酷非情で強欲な怪物とされていることに異を唱えるため、レスタト版のヴァンパイア物語をやはり一人称で語っている。(4) レスタトはインタヴューどころか、ロック・スターになってヴァンパイアのイメージを世界中にふりまき、ヴァンパイアの扮装をした人間だと信じられているのを逆手にとって、自分がヴァンパイアであることをむしろ誇示するのだ。『インタヴュー』に描かれるパリのヴァンパイア劇場でも、人間だと信じる観客を前に本物のヴァンパイアがヴァンパイアの役を演じている。このように、本性を誇示する方が真実を見破られにくいというのも皮肉な真理だ。レスタトはルイよりもヴァンパイアとして何百年も長く生きているので、より広く世界を見聞し、より深く悩んでいる。したがって人間性をより超越(detachment)したヴァンパイアになっている。一方初心者ルイには人間性が色濃く残っていて、そのために人間であることと超人的存在としてのヴァンパイアであることとの間で哀れなほど困惑する。こうして作家は無限に遡りうるであろうヴァンパイアの系譜をヴァンパイア自身に語らせる方法を発見したばかりか、リアリズムとファンタジーの両面を使い分けながら、ヴァンパイアを人間に敵対する怪物というよりは脆弱で孤独な傷つきやすいアウトサイダー、神とも悪魔とも呼ばれる、いわば人間を超越した存在としたうえで、時空を越えた冒険ロマンと哲学的思索の可能性に賭けているのだ。

変身するヴァンパイア

クレオールのルイが人間からヴァンパイアに変身したのは一七九一年、アメリカのニューオーリンズ郊外に移住したフランス人のプランテーションでのことだ。聖人とも狂信者とも見える弟ポールが兄のルイにその熱狂を非難されたために自ら命を断った。そう信じるルイは自己嫌悪に取りつかれ、同時に人間と神の問題や死への恐怖と憧れに対峙することになる。悶々とした日を送るルイの前に、彼自身の絶望が呼び出したかのように「……豊かなブロンドの長身で色白の、ほとんど猫のような優雅な身のこなしで」（『インタヴュー』、一二）ヴァンパイア・レスタトが姿を現す。

『ペンギン・ヴァンパイア・ストーリーズ』(5)（*The Penguin Book of Vampire Stories*, 1987）の序文によると従来のヴァンパイア像は「確かに人の形に見えるが、グロテスクなほどに歪められているので一層恐怖心を感じさせる。……鉤《かぎ》のように曲がった長い爪、血を吸った直後には血色を取り戻すが、そうでない時は死人のように青ざめている。目は〈死んだ〉と描写され、襲撃用にネズミのような牙がある。」ライスのヴァンパイアは、これらすべてを覆してロマンティックな美形である。

さらに同序文には「心理的にもヴァンパイアは嫌悪感を催させる。つまり彼らは悪であって、モラルの規範を持たず、すべての正常な社会の外に立っているので脅威なのだ。彼らは血をすすり殺し、もっと悪いことに犠牲者を彼らのようにしてしまう」とある。この部分は人間の側から見ればそのとおりで、『ドラキュラ』以来定着したヴァンパイア像そのものである。また近代科学が退治すべき悪としてのヴァンパイアは「不死身で冒瀆的、残忍、知的で、夜に生き太陽を避けて棺で眠る。また明らかにヴァンパイア像は庶民とはかけ離れた存在である貴族として定着した。」

しかしライスのヴァンパイアにはニンニクや十字架も無力で、鏡に姿は映るし、蝙蝠になって飛ぶこともない。つまり単純に人間界に害をなすゆえに人間に退治されるべき悪として扱われていない。ただ陽光と火だけが、それも灰をばらまくことで、夜の闇の住人を滅ぼすことができるのだ。ライスのヴァンパイアの世界は最低限の伝統的ヴァンパイア世界の条件を充たしてはいる。だが近代科学への無邪気な信頼や社会観が揺らぎだして久しい現在、ベイム（Nina Baym）が『われらのヴァンパイア、われら自身』（*Our Vampires, Ourselves*, 1995）で主張するように、それは人間社会の価値観やモラルが逆転した美しく高貴なる者たちの世界、したがって庶民には関係なく存在する閉じられた世界なのである。(6) その世界がユートピアであるかどうかはともかく、ルイやレスタトの物語は、文字どおり血の盟約によって人間界から選ばれた者たちの世界へと入っていくイニシエーションの物語だ。またプラーツ（Mario Praz）の『肉体と死と悪魔・ロマンティック・アゴニー』（*The Romantic Agony*, 1970）の言を待つまでもなく、愛と死の結びつきゆえに、さらに血を吸うという究極の愛の行為ゆえにヴァンパイアにはエロティックなイメージがつきまとうが、(7) ルイのヴァンパイアへの変身は特にホモ・エロティシズムを髣髴とさせる官能的なものである。それと同時に、無力な幼児を自らの血で養う母親のイメージを喚起させるものでもある。さらに言えば、従来の男女の官能的な場面というより、両性具有者同士の性別を越えた愛の交歓のようにも感じられるのだ。(8) レスタトに血を吸われた瀕死のルイが、レスタトの手首から血を吸い、ヴァンパイアとして甦る場面を見てみよう。生まれたての赤ん坊が外界を知覚する感覚に初めて目覚め、その新奇な心地よさに酔いしれる体験をルイ自身の言葉で細密に官能的に語っている。

ローソクが階上の客間で燃えていた。……オイルのランタンの火が歩廊で微風に揺らめいていた。そのすべてのあかりが一つになると霞んでいった。金色の霊気が私の上でゆらゆらと踊り、階段の吹き抜けで止まったり、こっそり手摺りに巻き付いたり、煙のように渦巻き縮んだりした。「いいか、しっかり目を見開いているんだ」レスタトは囁いた。その唇が私の首筋に触れて動いていた。そのために私の体中の毛が逆立ち、全身を戦慄が駆け抜けたのを覚えている。恋の愉悦に似ていなくもなかった。（中略）その後数分もしないうちに私は衰弱し麻痺してしまった。恐くて自分の意志で口もきけなかった。もちろんレスタトは私をだき抱えていた。彼の腕は鉄棒の錘のようだった。彼の歯が鋭い痛みとともに引き抜かれたが、二つの刺し傷が痛みで裏打ちした巨大な穴に感じられたほどだ。その時、彼は私の朦朧とした頭のうえに屈みこむと、右手を離し、その手首を咬んだ。血が私のシャツと上着に流れ落ち、彼は細めたきらきら光る目でそれを見ていた。彼がそれを見つめ、彼の頭の後ろで光の筋が幽霊の背景に現れるように揺らめいているのが、永遠に続くように思えた。私は彼がそうする前から何をしようとしているかを知っていて、なすすべもなくまるで何年間も待っていたかのように待ち受けていたのだと思う。彼は血が流れる手首を私の口に押し当てると、やや苛立った様子で、断固として言った。「飲むんだ、ルイ」私は飲んだ。「落ち着いて、ルイ」そして「急いで」と何度も囁いた。私は傷口から血を吸い飲んだ。子供の時以来、はじめて身体が精神とともに唯一の生命の源に集中し、滋養分を吸うという特別な快感を味わった。するとあることが起こった。（『インタヴュー』、一八一一九）

現代医学の血の交換はもっと無機質な行為であるが、血を飲んだ後に起こったことの詳細はあえて言えば血液交換にともなって知覚される現象に似ているのかもしれない。まず異常な聴覚の働きがある。「鈍い響き」が「ドラムの連打」になり、「音は次第に大きくなって、聴覚だけではなくすべての感覚を充たし、唇、指、こめかみの肉、血管のなかで脈打つように思われた。」（『インタヴュー』、一九）ルイが知覚した音と鼓動はルイとレスタトの血液を押し出す心臓の音だった。さらに視覚にも変化が起きる。「まるで色や形をはじめて見きわめることができたようだった。レスタトの黒い上着のボタンにうっとりしていて、長らく他のものが目に入らなかった。……敷石の上で月を見た時も、すっかり魅惑されてしまって一時間もそこで過ごしたにちがいない。……ポプラや樫の木々に囲まれて立っていた時、夜の声を聞いた。それは自分の胸に来るように囁き手招きする女たちの声のようだった。」（『インタヴュー』、二〇—二一）

ヴァンパイアは不死の特権を賦与したい人間の血を吸うばかりか、自分の血を相手に吸わさねばならない。文字どおり血を混ぜ合わせる儀式を経て永遠の命が受け継がれる。それは人間には聞こえないような両者の心臓の鼓動として意識されるが、ヴァンパイアは聴覚だけでなく超人的に鋭敏な視覚も獲得するにいたる。これが彼らのいう本質的な変化なのである。また『レスタト』中で、生きることに倦《う》み疲れたマグナスというヴァンパイアがレスタトに不死を与えてから太陽の光に身を曝《さら》して死んだとあるとおり、ライスのヴァンパイアには独特の自律性も備わっている。

だがいかにロマンティックな血の交換があろうとも、超越的な知覚力と運動能力が備わろうとも、ヴァンパイアは永遠の孤独に耐えつつ超然と殺戮を続ける運命にある。このようなヴァンパイア・ルイの最大の罪は、彼を繋ぎ止めておきたいレスタトに促されて、クローディアという人間の少女をパフ・スリーヴの絹のドレスと巻き毛の人形のような姿のフリーク、愛人とも娘ともつかぬヴァンパイアにしてしまったことだ。これは父親（支配する者）レスタトと母親ルイと子供クローディアの仮想の家族関係とも、ルイをめぐるレスタトとクローディアの三角関係とも見える。病死した母親の屍骸にとりすがって泣く子供を見過ごすことはできなかっただろうが、ルイは当人の意志と無関係にヴァンパイアの運命を子供に与えてしまう。その子供は知的、精神的に成長する一方で身体はいつまでも子供のままである。また人間でいた期間が短かった分、彼女は純粋なヴァンパイアで、ルイの人間的な迷いや犠牲者に対する憐れみの情はない。精神と肉体のギャップに苦しむクローディアはレスタトが彼女の不幸の源であると知って、復讐のために彼を殺し、ルイのニューオーリンズの家を焼き払う。

同族のものを殺してはならないという掟を破ろうとしたクローディアは、母親役のマドレーヌとともに、パリのヴァンパイア劇場をねぐらにする下等なヴァンパイアたちに殺されてしまう。絶望したルイは報復のために劇場に放火した後、ニューオーリンズに戻るが、そこで隠遁者のように生きるレスタトに再会する。これがルイ版の物語である。

人間の限界に左右されない、現実にはありえない能力と資質（power inside）をもった超人がその力を発揮すればどのような夢も叶えることができる、その力を正しく認識し発揮する意志さえあれば――と作家は言いたいのだろう。だが他方で、人間的な瑕疵や苦悩や良心の呵責から完全に解放されていない中途半端で臆病な超人の告白――ライスのヴァンパイア物の魅力はまさにここにある。そして理想の超人を擁するアン・ライス・ワールドが神話として完成に近づけば近づくほど、歴史的スペクタクルや冒険物語としての魅力は増すものの、ヴァンパイアの初歩的悩みを悩むものたちの影が薄くなり、ファンタジーの要素が顕著になるのも事実である。その理由は、次章以下で詳しく述べるが、初期の作品に作家自身の生活や苦悩が色濃く反映しているからで、実際にライスの願望や絶望がヴァンパイアとして表現されているからなのだ。

ニューオーリンズを愛するヴァンパイア

フィードラー（Leslie Fiedler）は著書『アメリカ小説における愛と死』（*Love and Death in the*

American Novel, 1982）の中で「アメリカン・ゴシックとは光と肯定の国の闇とグロテスクの文学である」と定義している。[9] また別の批評家は「ゴシックの運命や陰鬱さを連想させる南部はアメリカの『他者』（other）として貢献してきた」、つまり理性と啓蒙を理想として掲げる国が捨て去りたいもののすべてを引き受けてきたと述べている。[10] 希望と前進をスローガンに発展してきた国にとって、複雑極まりない歴史と独特の文化をもつ南部はまさに「他者」であり、なかでもニューオーリンズはその地理的・歴史的特殊性ゆえに、ヨーロッパやアフリカの文化が混じり合い、そこでは旅行者でさえ「他者」性の氾濫あるいは中軸の欠如を意識せずにはいられない。ヴードゥー教がキリスト教と同じように信仰され、マルディ・グラの祭りがカトリック教と土着の宗教の混交した姿を表し、光と闇に溢れた風景、パティオを囲んで建てられた奥行きの深い秘密めいた建物の構造、蒸し暑い河風、すべてがエキゾティシズムと「他者」性をいやが上にも掻き立てる。しかもルイ自身が述べるように、フレンチ・クオーターが光の部分、表向きの顔であるとすれば、彼のプランテーション、ポワント・デュ・ラックは影の部分、裏の顔を代表する（口絵4参照）。実際には藍を栽培するプランテーションで地道な経済活動を営んでいるのだが、熱帯の植物が生い茂る湿地帯は、主人に従順でありながら常に疑いの目を向ける黒人労働者たちが異国風の呪術を日常的に行う異境のなかのとりわけプリミティヴな異境であった。またこの「他者」性やものごとの境界の曖昧さを象徴的に表すのが、白人支配者と黒人奴隷という階級分けの隙間に、いわゆる肌の色はさまざまな自由黒人（Free Man of Color）とい

うまことに曖昧な立場の人たちが存在したことだ。ライスがこのことに特に関心を持っていたのは『インタヴュー』成功後、十九世紀ニューオーリンズのFMC階級の「他者」性をテーマにした『万聖節の祭り』(*The Feast of All Saints*, 1979) を書いていることにも表れている。

さて憧れのパリに着いたルイは、生みの親のパリのようになりきれないニューオーリンズをこう描写している。

ニューオーリンズは美しく、はなはだしく活気に充ちているが、どうしようもなく儚いところがあった。いつまでも変わらず野蛮で粗暴なところがあった。内からも外からもエキゾティックで洗練された生活を脅かす何かがあったのだ。立て込んだスペイン風の家々の木の通路や煉瓦の一インチといえども、つねに町を取り囲み呑み込んでしまおうと身構える荒々しい荒野からもってこなかったものはない。ハリケーン、洪水、熱病、疫病——それにルイジアナの風土特有の湿気が伐りだした板や石の表面をたゆみなく浸食した。それでニューオーリンズは常にその自然と闘う住人の空想する夢、無意識にではあるが、ねばり強い住人の集団意志で守られた夢のように思えるのだ。(『インタヴュー』、二〇四—二〇五)

ニューオーリンズはどこか野蛮で儚げな夢の市《まち》であった。フランス系クレオール、ルイが生きた一七〇〇年代末、活気に充ちたニューオーリンズにはさまざまな言語が飛び交い、色とりどりの衣装が行き交っていたが、一歩踏み出せば闇はいっそう深く、それだけに輝きは儚く見えたにちがいない。今もその本質は変わっていない。

フランス生まれで、エジプトをはじめ世界中を経めぐってきたレスタトは、この湿った〈野蛮の園〉を一目でどこよりも気に入ったと語っている。

私は〈野蛮の園〉の最もわびしい果てに着いたことは知っていた。これがわが故国であり、ニューオーリンズがこの世にあるかぎり、私はここに留まるだろう。私が味わった苦しみが何であれ、この法なき場所では軽減されるだろう。また私が渇望してきたものが何であれ、いったん手に入れれば、それ以上の歓びを与えてくれよう。

そして最初の夜、この悪臭を放つ小さな楽園で、私が秘密の力をもっているにもかかわらず神に祈った時、いくぶん人間に近くなったのかもしれない。たぶん私は自分が想像していたような外国の追放者ではなく、ただあらゆる人間の魂の不鮮明な拡大図にすぎないのかもしれない。

（『レスタト』、四九三－四九四）

「これがニューオーリンズ、暮らすには不思議で壮麗なところだった。その町を夕暮れにヴァンパイアが一人、豪勢に着飾って、ガス燈の明かりの下を縫うように通り過ぎていったとしても、何百もの異国風な人々と同じくらいにしか目を惹かなかっただろう。たとえ注意を惹いたとしても、誰かが立ち止まって、扇の後ろで囁いたとしても、『あの男の人……なんて青ざめて、ぼんやり光っているの……なんて歩き方。不自然だわ』というのがせいぜいだ。ここでなら、そんな言葉が口をついて出るより先に、ヴァンパイアは裏通りをみつけて姿をくらましていただろう。」（『インタヴュー』、四〇）このように異形のヴァンパイアさえ人目を惹くことがない町、人間とヴァンパイアの境目が見分けられない、またその必要のない市、それがニューオーリンズなのだ。

次に死者であると同時に不死の存在でもあるヴァンパイアとニューオーリンズの特別な結び付きに関して指摘すべきことがある。それはニューオーリンズでは死者と生者が日常的に隣り合わせで存在することだ。それを象徴的に表すのが、ルイジアナ州博物館のカビルドで町の歴史を語る資料とともに訪問者が見せられる奇妙な家族の肖像画である（写真参照）。家族の後ろや脇で額縁の中に納まったり、靄に包まれた死者が描かれていて、すでに亡くなっている家族の一員を描き足すのが習わしだという説明がある。またこれも実際に有名な話だが、ニューオーリンズは海抜より低いところにあるため、洪水によってむき出しになった屍骸や人骨を目にするのは日常茶飯事であった。そのため珍しいことに、そしてヴァンパイアには好都合なことに死者は地上に葬られる習わしなのだ（口絵3参照）。また「万聖節」には、人々は墓地に死者を訪ね死者と交歓する。

ニューオーリンズでは、それはすべての信心深い人が愛する者の墓参りをするために墓地を訪れる日だ。納骨堂の壁を白く塗ったり、大理石板に刻んだ名前を洗い出す。最後に墓を花で飾るのだ。わが家に近いセント・ルイス墓地にはルイジアナ中の名家が墓参りにやってくる。……それは事情を知らない旅行者にはニューオーリンズのお祭り、死の祝日と映ったかもしれない。だがそれは残った者たちの祭りだった。（『インタヴュー』、一〇八）

家族の肖像

ライスが生まれ育った場所ニューオーリンズを小説の舞台に選ぶのは当然と言えば当然だが、生来の頽廃的・エキゾティックな想像力と芸術性がこの町の雰囲気によって培われ、ヴァンパイアというまさにうってつけのテーマを見つけることになった。彼女自身のニューオーリンズ体験と作品の関係については次章で詳しく論じるが、ここで言えるのは光と闇、表の顔と裏の顔、生と死が分かちがたく境界が不分明なままの場所が、人間の姿をした超人、男でも女でもあるヴァンパイアの往来にうってつけのトポスだということだ。そういう場所だからこそ、何百年の時を越えてヴァンパイアが「ぼんやりした恐れ」を感じつつも「昔の不幸や憧れの色褪せた影」(『インタヴュー』、三二五)を求めて回帰できるのだろう。

自己解放のドラマとしてのヴァンパイア・クロニクル

ニューオーリンズのガーデン・ディストリクト、アイルランド系の人たちがコミュニティをつくるアイリッシュ・チャネルでオブライエン家の次女として生まれたライスの本名は、男のようなハワード・アレン・フランシス(Howard Allen Francis O'Brien)であった。また母親キャサリンは厳格なカトリック教育を子供たちに施す一方で、芸術的感性を重んじる独特の自由放任主義をとった。そのため自分のジェンダー、信仰それに芸術について、早熟な少女は奔放さと厳格な規律の間で屈折した思いを抱かざるをえなかった。たとえばカトリックの教えで罪とされる子供の性衝動がどうしても悪とは思えず、そういう疑問を抱く自分を恐れ嫌悪したという。彼女は熱心に神に祈りながらも神の存在に疑問をもった。アンという名前を自ら獲得するまでの経緯が象徴するように、ライスの中には、生まれた瞬間に女と男、子供と大人、信仰と不信という相反するもののせめぎあいが芽生えていた。そして生き延びるためには、それぞれの矛盾に自分で決着をつけ、自己嫌悪から脱出しなければならなかった。その時に役立ったのがイマジネーションを働かせてストーリーを作る営みだった。

ライスは幼い頃から文学的才能を発揮してはいたが、明確に作家を意識したのはスタンリー・ライス（Stanley Rice）という才能ある詩人と結婚してサンフランシスコに移ってからである。作家修行を続けるなかで西海岸のカウンターカルチャーの洗礼を受けるが、どこまでも明るい土地柄と病や死を語ることをタブー視する雰囲気には馴染めなかったようだ。どのような土地にあっても作家は想像力だけで自分の世界や神話を作り出せるものだが、ライスの世界は変わることなくニューオーリンズの光と影のなかにあった。奇想天外なヴァンパイア物作家のライスは、時にナボコフ（Vladimir Nabokov, 1899–1977）の『ロリータ』（*Lolita*, 1955）を意識した文体やテーマで書いたり[11]、殺戮の場面では十分に嫌悪感を催させるほどS&M文学の官能的残酷さと血しぶき飛び散るスプラッターの様相を見せたりするが、実際には一貫して人間の運命についての個人的な疑問に答えるために作品を書いてきたようにも思えるのだ。それが彼女自身の自己解放の軌跡を表しているのだが、そんな彼女の作品には二人の女性の「死」が影を落としている。

ラムズランド（Katherine Ramsland）の優れた伝記（*Prism of the Night: A Biography of Anne Rice*, 1992, 以下、ラムズランドと表記）によると、ライスの母はアルコール中毒で死亡した（ラムズランド、一一一四四[12]）。一九五六年当時、ニューオーリンズのカトリック社会はアルコール依存症を病気ではなく人間の欠陥と見なし、それゆえに秘すべき恥と考えた。結果的に家族にも見放された母の惨めな死は、ライスの胸に並々ならぬ衝撃と後悔の念を残したにちがいない。彼女がヴァンパイアの血への渇望や罪悪感を執拗に描くのは、西海岸でドラッグに溺れる人々を目撃した結果というより、消しがたい母の記憶があったからではないか。母を救えなかったライスだが、ヴァンパイアの苦悩を描くことで母の苦しみを追体験したかったのかもしれない。また母を不死のヴァンパイアとして作品中で甦らせたかったのかもしれない。

今一つライスを襲った悲劇は、五歳の愛娘ミシェルの白血病による死である。「ネズミちゃん」と呼ばれた人形のように愛らしく聡明な娘を命の源であるはずの血液の病気が奪ったのである。ライスは埋葬用の小さな棺に閉じ込められたミシェルが目覚めた時に、どれほどの恐怖を味わうだろうかと思うといたたまれなかったという。そして絶望を振り払うかのように『インタヴュー』執筆に没頭した。したがってミシェルの死んだ年齢で、ミシェルに生き写しの不運なクローディアがヴァンパイアにされるのも偶然ではない。また『インタヴュー』の初稿ではクローディアは殺されずに生き延びているのも注目に価する。ここにも作品の中で娘を生き続けさせたいという母ライスの願望が表れているからだ。神秘的な死後の生への直感は早くからあったらしいが、自分の一部分ともいうべき人々を奪われる経験を通して初めて、死が終着点ではなく再生への一歩であることを確認し、一九六九年に書き上げていた三十ページほどのヴァンパイア物のドラフトを『インタヴュー』として完成したのだ(ラムズランド、一四一)。ヴァンパイアの視点から見た生について考えるのは面白かろうというアイデアから出発したことに間違いはないが、両作品に見られるルイとレスタトの心理の深まりには、自分を解放するために母と娘を作品のなかで葬り、再生させようとする作家の意図が見てとれる。『レスタト』のなかで師マリウスは新米ヴァンパイア・レスタトに、人間をヴァンパイにする条件を一つ挙げている。それはヴァンパイアが人間を「愛」していることだ[13]。同様に、愛した死にゆく者たちに想いを潜め、その恐怖や哀しみを想像力を働かせて追体験することで、娘であり母であるライスは後悔と自己嫌悪の呪縛から自分を解き放ったのだ。

『インタヴュー』はバークレーで書かれたが、物語は主としてニューオーリンズで展開する。つらい思い出の場所ではあったが、良かれ悪しかれニューオーリンズこそがライスのルーツであり、想像力を掻き立てる唯一の場所であった。彼女のなかには常に西海岸の風土への違和感と故郷の景色、色彩、光と影への渇望が存在していた。確かに子供時代の宗教教育と女性・子供であることへの圧迫・束縛を脱するために離れた市だが、作家ライスはあえてその市について書くことで和解を遂げ、そこが彼女のアイデンティティを支えた特別な場所であることを確認したのだ。そして本格的にニューオーリンズを舞台にした作品を書くために故郷に回帰する。しかも喜ばしいことに、謎めいたニューオーリンズは変わらずあることを、その作品『魔女の刻』(*The Witching Hour*, 1990) のなかで証明できたのである。

インタヴューのなかでライスは「私たちはストーリーのなかで自分の心理的問題をドラマ化するのです」(ラムズランド、四〇) と語っている。本論を締めくくるのにこれほど相応しい言葉が他にあるだろうか?

注

(1) Emory Elliott ed., *Columbia Literary History of the United States* (Columbia U. P., 1988), 1171. 邦訳『コロンビア米文学史』(山口書店、一九九七年)

(2) Anne Rice, *Interview with the Vampire* (Alfred A. Knopf, 1976)
——. *The Vampire Lestat* (Alfred A. Knopf, 1985)
本論中では両作品を各々『インタヴュー』『レスタト』と表記する。使用テクストは *Interview* (Ballantine Books, 1976), *Lestat* (Ballantine Books, 1985)。

(3) *Dracula* の続編として構想された Marie Kiraly の *Mina* では、*Dracula* の登場人物 Mina Harker が犠牲者としてでなく、情熱的・性的恍惚を一人称で語り注目される。

(4) 冒険物語の色彩が濃い『レスタト』は、レスタト以外のヴァンパイアが一人称で語る入れ子式になっており、構成上やや緊張感に欠ける。

(5) Alan Ryan, *The Penguin Book of Vampire Stories* (Penguin, 1987).

(6) Nina Baym, *Our Vampires, Ourselves* (The University of Chicago Press, 1995), 152-155.

(7) Mario Praz, *The Romantic Agony* (Oxford U. P., 1970), 55-94.

(8) 『レスタト』では、瀕死の母ガブリエルが息子レスタトによってヴァンパイアにされ、両性具有的な魅力を備えた人間に生まれ変わる。

(9) Leslie Fiedler, *Love and Death in the American Novel* (Stein & Day, 1982), 29.

（10） Teresa A. Goddu, "Introduction to American Gothic," *The Horror Reader*, ed. Ken Gelder (Routledge 2000), 265.

（11） ウラジーミル・ナボコフの映画的描写に惹かれていたライスは、六〇年代に、中年男性の少女への執着という『ロリータ』（一九五五）のテーマを中年男性と少年の関係に置き換えて、中編 *Nicolas & Jean* を書いた。

（12） Katherine Ramsland, *Prism of the Night : A Biography of Anne Rice* (Plume/Penguin, 1992).

（13） Rice, *Lestat*, 471-472.

あとがき

本書は二〇〇〇年十二月に行われた日本アメリカ文学会関西支部年次大会でのフォーラム、「アメリカ文学におけるニューオーリンズ」を基にして企画したものである。編者としては、アメリカ合衆国のなかでも特異な空間を形成しているニューオーリンズに対する読者の関心をまず喚起し、次にその空間を創造的にとらえる文化現象そのものに対する関心をもってもらえれば……という思いがあった。その思いがあったために、執筆者たちには「なるべく具体的に、ニューオーリンズの雰囲気が伝わるように」書くことを条件とさせて頂き、けれども単なる文学案内あるいは解説ではなく「それぞれ独自のアプローチ」をして頂きたいとお願いをした。困難な要求であったが、執筆者たちが編者の意図を汲み、これに応えてくださったことに感謝している。また、フォーラムという、個別の意見を公共の場で考える機会を与えてくれた関西支部にも感謝している。

最後になったが、出版を快く承諾してくださった鷹書房弓プレスの寺内由美子氏と、編集の香坂幸子氏に心からお礼を申し上げたい。

二〇〇一年四月

風呂本　惇子

執筆者リスト（50音順、①所属②専門③代表的な著作、の順で紹介）

岡地尚弘（おかじ・なおひろ）①徳島文理大学文学部教授②アメリカ文学、フォークナーの作品研究③『キンレッド』（共訳、山口書店、1992）『英語・英文学の光と影』（共著、京都修学社、1998）他

貴志雅之（きし・まさゆき）①大阪外国語大学外国語学部地域文化学科助教授②アメリカ演劇③『酔いどれアメリカ文学—アルコール文学文化論—』（共著、英宝社、1999）『冷戦とアメリカ文学—21世紀からの再検証—』（共著、世界思想社、2001）他

阪口瑞穂（さかぐち・みずほ）①大阪外国語大学非常勤講師②アメリカ黒人女性作家③『世界の黒人文学』（共著、鷹書房弓プレス、2000）他

杉山直人（すぎやま・なおと）①関西学院大学経済学部教授②アメリカ南部小説③『「ヨクナパトファ」共同体と個をめぐって〜フォークナーの肯定への歩み〜』（創元社、1994）他

西　成彦（にし・まさひこ）①立命館大学文学部教授②比較文学（主に複数言語使用地域の）③『ラフカディオ・ハーンの耳』（岩波書店、1993）『クレオール事始』（紀伊國屋書店、1999）他

藤田佳子（ふじた・よしこ）①奈良女子大文学部教授②アメリカ・ロマン主義文学、19世紀アメリカ女流文学③『アメリカ・ルネッサンスの諸相—エマスンの自然観を中心に』（あぽろん社、1998）他

風呂本惇子（ふろもと・あつこ）①奈良女子大学大学院人間文化研究科教授②アフリカ系アメリカ文学③『アメリカ黒人文学とフォークロア』（山口書店、1986）『文学とアメリカの夢』（共著、英宝社、1997）他

丸山美知代（まるやま・みちよ）①立命館大学文学部教授②20世紀アメリカ文学、小説論③「VはいかにしてNを葬ったのか？—ウラジーミル・ナボコフの『フィアルタの春』における自伝的行為について」（立命館文学、2001）、訳書『知られざるオリーヴ・シュライナー』（晶文社、1992）他

森岡裕一（もりおか・ゆういち）①大阪大学大学院文学研究科教授②アメリカ文学③『酔いどれアメリカ文学』（共著、英宝社、1999）『シャーウッド・アンダソンの文学』（共編著、ミネルヴァ書房、1999）他

山田裕康（やまだ・ひろやす）①大阪経済大学教養部教授②黒人文化③『アメリカ文化を学ぶ人のために』（共著、世界思想社、1999）『ゴスペル・サウンド』（共訳、ブルース・インターアクションズ、2000）他

Beauty's Release. Dutton, 1985.（柿沼瑛子訳『至上の愛へ、眠り姫』扶桑社ミステリー、1999年）

その他

Bryan, Violet Harrington. *The Myth of New Orleans in Literature.* The University of Tennessee Press, 1993.

Brown, Dorothy H. & Barbara C. Ewell eds., *Louisiana Women Writers.* Louisiana State UP, 1992.

Bultman, Bethany Ewald. *New Orleans.* Fodor's Travel Publications Inc., 1988.

Fiedler, Leslie. *Love and Death in the American Literature.* Stein & Day, 1982.（佐伯彰一ほか訳）『アメリカ小説における愛と死』新潮社、1989年）

Gelder, Ken ed., *The Horror Reader.* Routledge, 2000.

Kennedy, Richards S. *Literary New Orleans.* Louisiana State UP, 1992.

Kiraly, Marie. *Mina.* Berkley, 1994.

Le Fanu, Joseph Sheridan. "Carmilla", *The Penguin Book of Vampire Stories,* Alan Ryan ed., Penguin, 1987.（平井呈一訳『吸血鬼カーミラ』創元推理文庫、1970年）

Nabokov, Vladimir. *Lolita.* Vintage. 1991.（大久保康雄訳『ロリータ』新潮社、1980年）

Paglia, Camille. *Vamps & Tramps.* Vintage, 1994.

Praz, Mario. *The Romantic Agony.* Oxford UP, 1970.（倉地恒雄訳『肉体と死と悪魔：ロマンティック・アゴニー』図書刊行会、1986年）

Ramsland, Katherine. *Prism of the Night: A Biography of Anne Rice.* Plume/Penguin, 1992.

Ries, M. G. N. *A History of Women and New Orleans.* Margaret Media, Inc., 1988.

Ryan, Alan ed., *The Penguin Book of Vampire Stories.* Penguin, 1987.

Stoker, Bram. *Dracula.* Oxford UP, 1983.（平井呈一訳『吸血鬼ドラキュラ』創元社推理文庫、1971年）

映画

『インタヴュー・ウイズ・ヴァンパイア』ワーナーブラザーズ、1994年。

Jr. *Black Southern Voices.* A Meridian Book. 1992.
Salaam, Kalamu ya. *What Is Life ?* Third World Press. 1994.
———. Ed. *From A Bend In The River.* Ruuagate Press. 1998.

第九章　アン・ライス

アン・ライス名義の作品

Nicolas and Jean.（未発表）
Interview with the Vampire. Alfred A. Knopf, 1976.（田村隆一訳『夜明けのヴァンパイア』早川書房、1987年）
The Feast of All Saints. Simon & Schuster, 1976.
The Vampire Lestat. Alfred A. Knopf, 1985.（柿沼瑛子訳『ヴァンパイア・レスタト　上・下』扶桑社ミステリー、1994年）
The Witching Hour. Alfred A. Knopf, 1990.（柿沼瑛子訳『魔女の刻Ⅰ～Ⅳ』徳間書店、1992—1994年）
The Queen of the Damned. Alfred A. Knopf, 1988.（柿沼瑛子訳『呪われし者の女王　上・下』扶桑社ミステリー、1995年）
The Tale of the Body Thief. Alfred A. Knopf, 1992.（柿沼瑛子訳『肉体泥棒の罠』扶桑社ミステリー、1996年）
Memnoch the Devil. Alfred A. Knopf, 1995.（柿沼瑛子訳『悪魔メムノック——ヴァンパイア・クロニクルズ　上・下』扶桑社ミステリー、1997年）
The Vampire Armand. Alfred A. Knopf, 1998.（柿沼瑛子訳『美青年アルマンの遍歴』扶桑社、2000年）

アン・ランプリング名義の作品

Exit to Eden. Arbor House, 1985.
Belinda. Arbor House, 1986.

A・N・ロクロール名義の作品

The Claiming of Sleeping Beauty. Dutton, 1983.（柿沼瑛子訳『眠り姫、官能の旅立ち』扶桑社ミステリー、1998年）
Beauty's Punishment. Dutton, 1984.（柿沼瑛子訳『眠り姫、歓喜する魂』扶桑社ミステリー、1999年）

Williams in Orleans, 1938-1983." *Southern Quarterly*, 23, no. 2 (Winter 1985): 1-37.

川口喬一、岡本靖正編『最新文学批評用語辞典』、研究社出版、1998年。

Leverich, Lyle. *Tom: The Unknown Tennessee Williams.* New York and London : W. W. Norton & Company, 1995.

Londré, Felicia Hardison. *Tennessee Williams.* New York : Frederick Ungar Publishing Co., Inc., 1979 ; Paperback, 1983.

Nelson, Benjamin. *Tennessee Williams: The Man and His Work.* New York : Ivan Obolensky, 1961.

Rice, Robert. "A Man Named Tennessee." *New York Post,* 30 April 1958, M2. Qtd in Leverich 285.

Spoto, Donald. *The Kindness of Strangers : The Life of Tennessee Williams.* New York : Da Capo Press, 1997.（土井 仁訳『テネシー・ウィリアムズの光と闇』英宝社、2000年）

Tischler, Nancy M. *Tennessee Williams: The Rebellious Puritan.* New York : Citadel, 1961.

Watson, Charles S. *The History of Southern Drama.* Lexington, Kentucky : The University Press of Kentucky, 1997.

Williams, Edwina Dakin. *Remember Me to Tom.* New York : Putnam's, 1963.

Williams, Tennessee. *Tennessee Williams: Plays.* 2 volumes. New York : The Library of America, 2000.

インターネット・サイト（リソース）

http://www.tennesseewilliams.net/

第八章 ブラック・ニューオーリンズ

Christian, Marcus. *I am New Orleans and Other Poems by Marcus Christian.* Eds. Rudolph Lewis and Amin Sharif. Xavier Review Press. 1999.

Dent, Tom. *Magnolia Street.* Privately Printed. 1987.

———. *Blue Lights and River Songs.* Lotus Press. 1982.

———. *Ritual Murder.* Eds. John Oliver Killens and Jerry W. Ward,

York : The Feminist Press, 1979. 152-55.

———. *Mules and Men*. 1935. New York : Harper Perennial, 1990. (中村輝子訳『騾馬とひと』平凡社、1997年)

———. *Tell My Horse: Voodoo and Life in Haiti and Jamaica*. 1938. New York : Harper & Row Publishers, 1990. (常田景子訳『ヴードゥーの神々』新宿書房、1999年)

———. *Their Eyes Were Watching God*. 1937. New York : Harper & Row Publishers, 1990. (松本　昇訳『彼らの目は神を見ていた』新宿書房、1995年)

前川裕治『ゾラ・ニール・ハーストンの世界』 国書刊行会、1999年。

Meisenhelder, Susan. "Conflict and Resistance in Zora Neale Hurston's *Mules and Men*." *Journal of American Folklore* 109 (1996): 267-88.

Nicholls, David G. "Migrant Labor, Folklore, and Resistance in Hurston's Polk County : Reframing *Mules and Men*." *African American Review* 33 (1999): 467-79.

Walker, Alice. "Looking for Zora." Afterword. *I Love Myself When I Am Laughing*... 297-313.

———. "Zora Neale Hurston —— A Cautionary Tale and a Partisan View." Foreward. *Zora Neale Hurston: A Literary Biography*. xi-xviii.

Wall, Cheryl A. "*Mules and Men* and Women: Zora Neale Hurston's Strategies of Narration and Visions of Female Empowerment." *Critical Essays on Zora Neale Hurston*. 53-70.

Walters, Keith. " 'He can read my writing but he sho' can't read my mind': Zora Neale Hurston's Revenge in *Mules and Men*." *Journal of American Folklore* 112 (1999): 343-71.

第七章　テネシー・ウィリアムズ

Barranger, Milly S. "New Orleans as Theatrical Image in Plays by Tennessee Williams." *Southern Quarterly* 23, no. 2 (Winter 1985): 38-54.

Holditch, W. Kenneth. "The Last Frontier of Bohemia : Tennessee

to His Mother and Father, 1918-1925. New York and London, 1992. New York, W. W. Norton and Company, 2000.

第六章　ゾラ・ニール・ハーストン

Baker, Houston A., Jr. "Workings of the Spirit: Conjure and the Space of Black Women's Creativity." *Workings of the Spirit: The Poetics of Afro-American Women's Writing*. Chicago: The University of Chicago Press, 1991. 69-101.

Boxwell, D. A. " 'Sis Cat' as Ethnographer: Self-Presentation and Self-Inscription in Zora Neale Hurston's *Mules and Men*." *African American Review* 26 (1992): 605-17.

Dolby-Stahl, Sandra. "Literary Objective: Hurston's Use of Personal Narrative in *Mules and Men*." *Critical Essays on Zora Neale Hurston*. Ed. Gloria L. Cronin. New York: G. K. Hall & Co., 1998. 43-52.

Dutton, Wendy. "The Problem of Invisibility: Voodoo and Zora Neale Hurston." *Frontiers: A Journal of Women Studies* 13 (1992): 131-52.

Estes, David C. "The Neo-African Vatican: Zora Neale Hurston's New Orleans." *Literary New Orleans in the New World*. Ed. Richard S. Kennedy. Baton Rouge: Louisiana State University Press, 1998. 66-82.

Faulkner, Howard J. "*Mules and Men:* Fiction as Folklore." *CLA Journal* 34 (1991): 331-39.

Hemenway, Robert E. 1977. *Zora Neale Hurston: A Literary Biography*. Urbana: University of Illinois Press, 1980.（中村輝子訳『ゾラ・ニール・ハーストン伝』平凡社、1997年）

Hurston, Zora Neale. *Dust Tracks on a Road*. 1942. Urbana: University of Illinois Press, 1984.（常田景子訳『ハーストン自伝 路上の砂塵』新宿書房、1996年）

————. "How It Feels to Be Colored Me." *I Love Myself When I Am Laughing... And Then Again When I Am Looking Mean and Impressive: A Zora Neale Hurston Reader*. Ed. Alice Walker. New

Most Civilized Spot in America: Sherwood Anderson in New Orleans" は有益だった。

リトルマガジンについては Elliot Anderson & Mary Kinzie eds., *The Little Magazine in America.* Pushcart, 1978 が参考になった。

直接引用した文献は、*Dark Laughter.* Boni & Liveright, 1925.（斉藤光訳『黒い笑い』八潮出版社、1964年）、および "New Orleans, A Prose Poem in the Expressionist Manner," "New Orleans, The *Double Dealer* and the Modern Movement in America," Jack Salzman, David D. Anderson and Kichinosuke Ohashi eds., *Sherwood Anderson: The Writer at His Craft.* Paul Appel, 1979.

第五章　ウィリアム・フォークナー

Faulkner, William. *Absalom, Absalom!* New York: Random House, 1936; 1964.（大橋吉之輔訳『アブサロム、アブサロム！』『フォークナー全集』12、冨山房、1968年、1980年）

———. *Essay, Speech and Public Letters.* New York: Random House, 1954; 1965.

———. *Flags in the Dust.* Ed. Douglas Day. New York: Random House, 1973.

———. *Mosquitoes.* New York: Boni and Liveright, 1927: Liveright, 1955.（大津栄一郎訳『蚊』『フォークナー全集』3、冨山房、1991年）

———. *New Orleans Sketches.* Ed. Douglas Day. New York: Random House, 1958.（大橋健三郎、牧野有通訳『ニューオーリンズ・スケッチズ』『フォークナー全集』1、冨山房、1990年）

———. *Pylon.* New York: Harrison Smith and Robert Hass. 1935; London: Chatto and Windus, 1967.（後藤昭次訳『標識塔』『フォークナー全集』11、冨山房、1971年、1978年）

Blotoer, Joseph. L. *Faulkner: A Biography,* 2 vols. New York: Random House, 1974.

Gwynn, Frederick L., and Joseph Blotner, eds., *Faulkner in the University: Class Conferences at the University of Virginia 1957-58.* Chalottesville: University of Virginia Press, 1959, 1977.

Watson, James G. ed., *Thinking of Home: William Faulker's Letters*

Koloski, Bernard. *Kate Chopin : A Study of the Short Fiction.* Twayne, 1996.
May, John P. "Local Color in *The Awakening,*" *The Southern Review,* 6. 1970.
Petry, Alice Hall ed., *Critical Essays on Kate Chopin.* G. K. Hall, 1996.
Skaggs, Peggy. *Kate Chopin.* Twayne, 1985.

第四章　シャーウッド・アンダソン

利用したアンダソン関係の一次、二次資料は数多く、煩雑を避けるために列挙しない。書誌については高田賢一・森岡裕一編『シャーウッド・アンダソンの文学』（ミネルヴァ書房、1999年）の文献案内を参照されたい。

ヘミングウエイ、フォークナーについてはJoseph Blotner ed., *Selected Letters of William Faulkner.* Vintage, 1978, James G. Watson ed., *Thinking of Home: William Faulkner's Letters to His Mother and Father, 1918-1925.* W. W. Norton, 1992, Carlos Baker ed., *Ernest Hemingway: Selected Letters.* Charles Scribner's Sons, 1981, *Mosquitoes.* Liveright paperback, 1997.（大津栄一郎訳『蚊』冨山房、1991年）, *Sherwood Anderson and Other Famous Creoles.* The University of Texas Press, 1966, *The Torrents of Spring.* Charles Scribner's Sons, 1954.

アル・ジャクソン物語に関しては、Ray Lewis White. "Anderson, Faulkner, and a Unique Al Jackson Tale," *The Winesburg Eagle,* Vol. XVI, No. 2, *Uncollected Stories of William Faulkner.* Vintage, 1979, *American Literature* Vol. XXXIV, No. 2, Vol. XXXV, No. 1, VolXXXVI, No. 3を参照。

ニューオーリンズに関しては、Alan Brown, *Literary Levees of New Orleans.* Starrhill Press, 1998, Violet Harrington Bryan, *The Myth of New Orleans in Literature.* The University of Tennessee Press, 1993, Judy Long ed., *Literary New Orleans.* Hill Street Press, 1999, Richard S. Kennedy ed., *Literary New Orleans.* Louisiana State University Press, 1992、とりわけ同氏編集の *Literary New Orleans in the Modern World.* Louisiana State UP, 1998 所収の Walter B. Rideout, "The

斐閣、1989年。

Turner, Arlin. *George Washington Cable : A Biography*. Baton Rouge : LSU Press, 1966.

————. *Critical Essays on George W. Cable*. Boston : G. K. Hall, 1980.

Woodward, C. Vann. *The Strange Career of Jim Crow*. New York, 1955（清水　博他訳『アメリカ人種差別の歴史』福村出版、1998年）

第二章　ラフカディオ・ハーン

Elliott, Emory ed., *Columbia Literary History of the United States*. Columbia University Press, 1988.

Elliott, Emory gen. ed., *The Columbia History of the American Novel*. Columbia University Press, 1991.（コロンビア米文学史翻訳刊行会訳『コロンビア米文学史』山口書店、1997年）

Hearn, Lafcadio. *The Writings of Lafcadio Hearn*, vol. IV. Houghton Mifflin Co., 1922.（平川祐弘訳『カリブの女』河出書房新社、1999年）

Tinker, Edward Laroque. *Lafcadio Hearn's American Days*. Dodd, Mead, 1924.

第三章　ケイト・ショパン

作品

Seyersted, Per ed., *The Complete Works of Kate Chopin*. Louisiana State UP, 1969, 1998（瀧田佳子訳『目覚め』荒地出版社、1995年）、（宮北恵子、吉岡恵子訳『目覚め』南雲堂、1999年）

研究書・論文

Benfey, Christopher. *Degas in New Orleans : Encounters in the Creole World of Kate Chopin and George Washoington Cable*. Alfred A. Knopt, 1998.

Boren, Lynda S., and Sara de Sausaure Davis ed., *Kate Chopin Reconsidered : Beyond th Bayou*. Louisiana State UP, 1992.

Haller, John, S., and Robin M. Haller. *The Physician and Sexuality in Victorian America*. Southern Illinois UP, 1974, 1995.

Kennedy, Richard S. ed., *Literary New Orleans : Essays and Meditations*. Louisiana State UP, 1992.

参考文献

序　章

有賀　貞、大下尚一、志邨晃佑、平野　孝編『世界歴史大系「アメリカ史」Ⅰ―十七世紀――一八七七年』山川出版社、1994年。

Bryan, Violet Harrington. *The Myth of New Orleans in Literature.* Knoxville: The University of Tennessee Press, 1993.

フォスター、ウイリアム・Z『黒人の歴史――アメリカ史のなかのニグロ人民』（貫名美隆訳、大月書店、1970年）〔原書は1954年〕

井出義光編『アメリカの地域――合衆国の地域性』弘文堂、1992年。

亀井俊介監修『読んで旅する世界の歴史と文化――アメリカ』新潮社、1992年。

Kennedy, Richard S. Ed. *Literary New Orleans.* Baton Rouge: Louisiana State University Press, 1992.

――――. *Literary New Orlens in the Modern World.* Baton Rouge: Louisiana State University Press, 1998.

ノートン、メアリー・ベス他『アメリカの歴史２、合衆国の発展：18世紀末――19世紀前半』（本田創造監修、白井洋子他訳、三省堂、1996年）〔原書は1994年〕

Encyclopedia Americana 17, 20.

Encyclopedia Britanica 24.

週刊朝日百科『世界の文学』名作への招待　34号。朝日新聞社、2000年。

第一章　ジョージ・ワシントン・ケイブル

Clemen, John. *George Washington Cable Revisited.* New York: Twayne Publishers, 1996.

Encyclopedia Britannica 99. Encyclopedia Britanica, Inc., 1999. (CD-ROM 版)

Ladd, Barbara. *Nationalism and the Color Line in George Washington Cable, Mark Twain, and William Faulkner.* Baton Rouge: LSU Press, 1996.

大下尚一、有賀　貞、平野　孝編『史料が語るアメリカ　1584-1988』有

bana: University of Illinois Press, 1980), 354.

p. 153 *Frontiers: A Journal of Women Studies* 13 (1992), 134.

p. 155 *Frontiers: A Journal of Women Studies* 13 (1992), 135.

p. 161右 Photo by Susie Leavines (http:/www.neworleansonline.com/mg/)

p. 161左 Image by Leslie Staub (http://www.tennesseewilliams.net/brochure.pdf)

p. 163 Tennessee Williams, *Memoirs* (New York: Doubleday & Company, Inc., 1975), Illus. 54.

p. 167 Lyle Leverich, *Tom: The Unknown Tennessee Williams* (New York and London: W. W. Norton & Company, 1995), Illus. 51.

p. 171 Ronald Hayman, *Tennessee Williams: Everyone Else Is an Audience* (New Haven and London: Yale University Press, 1993),111.

p. 173 Hayman 114.

p. 185 *best of new orleans.* (A Gambit Communication Publication, 31 Aug.- 27 Sep. 2000.

p. 187 *I am New Orleans and Other Poems by Marcus B. Christian* (Xavier Review Press, 1999)

p. 193 *Blue Lights and River Songs* (Lotus Press, 1982)

p. 203 *My Story, My Songs* (AFO Record 95-1128-2)

p. 209 Kathrine Ramsland, *Prism of the Night: A Biography of Anne Rice* (Plume/Penguin, 1992) *Credit: Cynthia Rice Rogers.*

p. 223 丸山美知代撮影

図版出典一覧

口絵 1　丸山美知代撮影
口絵 2　丸山美知代撮影
口絵 3　Pana-Vue Slides
口絵 4　Pana-Vue Slides
地図 1　*The Encyclopedia Americana*　17巻
地図 2　*The Encyclopedia Americana*　20巻
地図 3　*The Encyclopedia Britanica*　24巻
p. 33　*The Grandissimes Centennial Essays*　38ページ
p. 35　*George Washington Cable Revisited*　口絵写真
p. 63　Dagmar Renshaw Lebreton, *Chahta-Ima, The Life of Adrien-Emmanuel Rouquette* (Baton Rouge : Louisiana State Univ. Press, 1947)
p. 65　堀内印刷作成
p. 77　The Missouri Historical Society, Negative No. POR-C-25
p. 89　The Hisroric New Orleans Collection. Photo by Betsy Swanson
p. 99　Richard S. Kennedy ed., *Literary New Orleans In the Modern World* (Louisiana State UP, 1998)
p. 101　Richard S. Kennedy ed., *Literary New Orleans In the Modern World* (Louisiana State UP, 1998)
p. 111　William Spratling and William Faulkner, *Sherwood Anderson and Other Creoles* (University of Texas Press, 1966)
p. 115　丸山美知代撮影
p. 137上　岡地尚弘撮影
p. 137下　岡地尚弘撮影
p. 143　Robert E. Hemenway, *Zora Neale Hurston* (Ur-

『デモ隊』 202
『ドラキュラ』 211,213
『泥にまみれた旗』 136
「南部での出会い」 112～114
『南部の旅』 201
『肉体と死と悪魔・ロマンティック・アゴニー』 214
『肉体泥棒の物語』 210
「ニューオーリンズ、『ダブル・ディーラー』、そしてアメリカにおけるモダニズム運動」 102
「ニューオーリンズ、表現主義風の散文詩」 101
『ニューオーリンズ・スケッチズ』 26,121,123,126,129,135
『ニューオーリンズ――場所と人々』 21
『ニューオーリンズのドガ』 77
『野花』 62
『呪われし者の女王』 210
「ハーンとマゾッホ」 74
『ハイ・グラウンド』 187
『パイロン』 26,121,128,129
『八月の光』 45
『春の奔流』 111
『万聖節の祭り』 220
『比較文学研究』 74
「美女ゾライデ」 77
「秘密のメッセージ」 198,200
『百物語』 72
『肥沃地帯』 204
『貧乏白人』 106
『フォークナー全集』 121
『フランス領西インドの二年間』 55
『ブルーライトおよびリヴァー・ソング』 196,200
「文学と国際世論」 74
「分離はすれど平等」 190
「ベル・ドゥモアゼルの荘園」 39,50
『ペンギン・ヴァンパイア・ストーリーズ』 213
「弁明」 188
「亡命者のカフェ」 39
『マグノリア・ストリート』 196,200
『魔女の刻』 227
「マダム・デリシューズ」 40
「マダム・デルフィン」 44,46～50
「マニラ行きの夢」 74
『ミシシッピー河上の生活』 29
「むじな」 56
「ムッシュ・ジョルジュ」 39
『目覚め』 26,81～84,89,93
「メネリクのドラム」 191
「盲目の人」 81
『森の中の死、その他の物語』 114,116
『ユーマ』 55,64,69
「夢の都」 57
「夢を見る人」 190
『夜明けのヴァンパイア』 208
『欲望という名の電車』 12,27,162,164,171,172,180
『騾馬とひと』 26,143～147,155～158
『ラフカディオ・ハーン再考』 74
「ラングストンへのメッセージ」 195
「ルイジアナの黒人たち」 21
『ロリータ』 225,229
「若きクレオール人の歌／わが友、ギリシア系英国人Ｌ・Ｈに」 60,62,73
『わたしの話、わたしの歌』 204
「わたしはニューオーリンズ」 191
『わたしはニューオーリンズその他』 187,188
『われらのヴァンパイア、われら自身』 214

「ウムブラからの十年」 194
「エヴァンジェリン」 13
「エジプトたばこ」 81,83
「エミリーのバラ」 40
『多くの結婚』 26,105～108
「男がブルースを残して行った」 191
『オハイオ州ワインズバーグ』 105,107
『蚊』 103,111,114,121,124,125,127,136
『カーミラ』 211
『回想録』 112
『怪談』 56
「解放——人生の寓話」 83
「画一化について」 105
『語られざるもの』 175
『合衆国文学史』 67
「カリーヌ」 78
『カリブの女』 64
『河のほとりから』 204
「黄色い壁紙」 84
『儀礼殺人』 200
「禁断の果実」 191
『暗い笑い』 26,98,105,106,109,110
『グランディシム一族』 14,18,25,29,33,37,42,43,50
「クレオール・ママ」 191
『クレオール小品集』 57
『クレオール物語』 72
『クレオール料理』 64
『黒い笑い』 98
「ケイジャンの舞踏会で」 78
『小泉八雲事典』 72
『小泉八雲とカミガミの世界』 74
「後悔」 79
『黒人解放軍』 202
「黒人貴族」 190
『黒人の歴史——アメリカ史の中のニグロ人民』 29
『この夏突然に』 27,164,175,177,180
「古物商」 189
『コロンビア米文学史』 74,208,228
「コンゴ・スクエア」 204
『ゴンボ・ゼーブ』 64
『最新文学批評用語辞典』 180,181
「サンセット」 126
「シェニエール・カミナダで」 78
『シャーウッド・アンダソンとその他の著名なクレオールたち』 111
『シャーウッド・アンダソンのノートブック』 105
「ジャナ・ポクラン」 40
「正午のカナル・ストリート」 190
「ジョーンズ司祭」 39
『史料が語るアメリカ 1584-1988』 52
『深南部より』 187
「政治小説としての『グランディシム一族』——「ブラ・クペの物語」を読み解く」 29
『生とはなにか』 202
『征服されざる人々』 40
『草原』 62
『大衆の第二次世界大戦宣言』 187
「旅人」 123
『卵の勝利』 106
『チータ』 25-26,64,66～70
「近寄らないでくれ、かわいい白人の娘さん」 191
「ちびのルイへ」 197
『追悼——フランクリン・デラノ・ローズヴェルト』 187
「つまらないクレオール」 79
『庭園地区』 175
「ティトゥ・プレット」 44,46,47
「手紙」 80

69
マルサリス，ウィントン　186
宮北恵子　81
メイソン，R・オズグッド　148～150,157
メルヴィル，ハーマン　86
モートン，ジェリー・ロール　184,185
吉岡恵子　81
ライス，アン　24-25,27,29,208～211,213,214,217,218,220,223～227,229
ライス，スタンリー　225
ライドアウト，ウォルター　108
ラヴォー（ルヴォー），マリー　15,144,145,153,192
ラサール　9
ラッド，バーバラ　46
ラムズランド，キャサリン　225,226
ランサム，ジョン・クロウ　22
ランプリング，アン　209
リード，イシュメイル　24,193-194
リンカン，アブラハム　15
ルイ十四世　9
ルイ十五世　10
ルイス，ルドルフ　187,188
ルヴェルチュール，トゥサン　10
ルーケット，アドリアン　61～63,65,74
レファニュ，ジョセフ・シェリダン　211
ロウエル，エイミー　22
ロクロール，A・N　209
ロティ，ピエール　70
ロングフェロー，ヘンリー・ワズワース　13
ロングヘア，プロフェッサー　186
ワイルダー，ソーントン　22
ワトソン，チャールズ・S　180

作品索引（日本語）

「赤と黒の笑い」　111
『悪魔メムノック』　210
『アブサロム、アブサロム！』　18,26,45,121,124,128～130,132,135,138
「アフリカ人」　191
『アフリカン・アメリカン文学選集』　205
『アメリカ小説史』　68
『アメリカ小説における愛と死』　218
『アメリカ人種差別の歴史』　52
『アメリカ文学史』　67
『あやまちで』　82
「アル・ジャクソン」　114
「ある魚屋の物語」　114
『アンダスン短編集』　112
『アンダソン書簡集』　114
「アンダソンについてのノート」　124
『いにしえのクレオール時代』　39,40,44
『インタヴュー・ウイズ・ザ・ヴァンパイア』　208,210～213,216,220,222～224,226～228
『ヴァンパイア・アルマン』　210
『ヴァンパイア・レスタト』　208,211,217,221,227,228
『ヴィユ・カレ』　27,164,165,169,170
『ウィリアム・フォークナー未収録短編集』　114
「兎どんや熊どんの昔話」　145

ダンバー，ポール・ローレンス　21
ダンバー-ネルソン，アリス　20,21,25
ツール，ジョン・ケネディ　24
デイヴィス，サラ　83
デイキン，ウォルター・エドウィン　178
ティシュラー，ナンシー　168
テイト，アレン　22
デヴィッドソン，ドナルド　22
デスロンデス，チャールス　17
デント，トム　24,27,193〜198,200〜202
トゥーサン，アラン　186
トゥーマー，ジーン　22,110
トウェイン，マーク　20,35〜38,109
トドロフ，T　181
ドミノ，ファッツ　186
中村輝子　143
ナボコフ，ウラジーミル　225,229
ナポレオン　10,42
貫名美隆　29
バーク，ジェイムス・リー　29
パーシー，ウォーカー　24
ハーストン，ゾラ・ニール　15,26,142〜157
ハーン，ラフカディオ　14,20,25,43,44,54〜57,59,60,62〜64,66〜72,74
バウエン，エリザベス　80
橋本福夫　112
バトラー，ベンジャミン・F　20
バラカ，アミリ　194
バランジャー，ミリー・S　177,178
ビアンヴィル　38
ヒューズ，ラングストン　110,148,190,195
平川祐弘　64,72,74
ファーグソン　18,19
ファラガット，デヴィッド・G　20
フィードラー，レスリー　218
フィッツジェラルド，F・スコット　122
フィンレイ，マリエッタ　108
フェラーズ，ボナー　74
フォークナー，ウィリアム　18,22,23,26,40,103,112〜116,120〜122,124〜129,133,135
フォスター，ウィリアム・Z　29
ブッカー，ジェイムズ　186
プラーツ，マリオ　214
ブラウン，スターリング　192
ブラッドフォード，ロアク　23
フランシス，ハワード・アレン　224
プレッシー　18,19
ペイトン，ニコラス　186
ベイム，ニナ　214
ヘミングウエイ，アーネスト　22,111,122
ヘメンウェイ，ロバート・E　143,147,155
ヘルマン，リリアン　24
ヘンダースン，デイヴィッド　193
ベンフィー，クリストファー　77,88,90
ボアズ，フランツ　145,147〜150,157
ホイットマン，ウォルト　86
ホウルディッチ，W・ケネス　164
ポー，エドガー・アラン　59
ボードレール，チャールズ　59
ボールデン，バディ　185
マーティン，ヴァレリー　29
マクドナルド，ミッチェル　71
町田宗七　72
マッカーサー　74
マルケス，ガブリエル・ガルシア

人名索引（日本語）

アームストロング，ルイ　185,197,198
アール医師　83
アンダソン，シャーウッド　22,23,26,99,100,102〜117,122,124,125,136
イェイツ，W・B　55,72
イベルヴィル　38
ウィリアムズ，エドウィナ　165,178
ウィリアムズ，コーネリアス・コッフィン　178
ウィリアムズ，テネシー　22-23,27,160,162〜166,168〜170,174,177〜180
ウィリアムズ，ローズ・イザベル　177
ウィルソン，エドマンド　22
ウィルツ，クリス　29
ウォーカー，アリス　142,158
ウォレン，ロバート・ペン　22
ウッドワード，C・V　40,41,52
エリオット，エモリー　67,68
大下尚一　52
大津栄一郎　103
岡本靖正　180
小田島雄志　164
御山苔松　72
オリヴァー，キング　184,185
オルレアン公　10
カプラン，エイミー　68,70
カポーティ，トルーマン　24
ガルシア=マルケス，ガブリエル　69
川口喬一　180
ギルマン，シャーロット・P　84
キング，グレイス　20,21,23,25
キング，スティーヴン　209
キング，マーティン・ルーサー　23,190
クリスチャン，マーカス　23,187〜193,202,205
クリステヴァ，J　181
グレイディ，H・W　51
クレイン，ハート　22
ケイブル，ジョージ・ワシントン　12,14,18,20,21,25,34〜41,44,45,49〜51,63,64,77,209
コロンブス　68
コンデ，マリーズ　69
斉藤　光　98
サクソン，ライル　23,163
里内克巳　29,33,37,42
サラーム，カラム・ヤ　202〜204
ジェファスン，トマス　10
清水　博　52
ジャクスン，マヘリア　185
ジャクソン，アンドリュー　16,114,116
シャトーブリアン　62
ショウ，ヴァレリー　80
ショパン，ケイト　14,20,21,25,26,76〜83,86,89,209
スカイラー，ジョージ　192
杉山直人　29,33,37,42
鈴木　弘　72
スタイン，ガートルード　100,112
ストーカー，ブラム　211
スポウトウ，ドナルド　165
スミス，ジュリー　29
仙北谷晃一　58
ターナー，ナット　17,43
瀧田佳子　81
タラント，ロバート　23

The Poetry Of Negro　205
The Queen of the Damned　210
"The Revenge of Hannah Kemhuff"　158
The Romantic Agony　214, 228
The Short Story: A Critical Introduction　96
The Tale of the Body Thief　210
"The Tourist"　123
The Triumph of the Egg　106
The Unvanquished　40
The Vampire Armand　210
The Vampire Lestat　208, 228, 229
The Witching Hour　227
The Works of Alice Dunbar-Nelson　29
"The Yellow Wallpaper"　84
Thinking of Home: William Faulkner's Letters to His Mother and Father 1918-25　139
"Tite Poulette"　44
"Tom Dent"　205
Torrents of Spring　111
Trouble the Water　205
Two Years in the French West Indies　55
Uncollected Stories of William Faulkner　114
Vieux Carré　27, 164
Voodoo & Hoodoo　28
What Is Life?　202, 206
Wild Flowers　62
Winesburg, Ohio　105
Workings of the Spirit　158
Youma　55
Zora Neale Hurston　157

Mosquitoes 103, 121
Movin' On Up 205
"Mujina" 56
Mules and Men 26, 143, 158
My Story, My Song 204
Nationalism and the Color Line in George Washington Cable, Mark Twain, and William Faulkner 52
New Black Voices 206
"New Orleans as a Literary Center: Some Problems" 29
New Orleans Sketches 26, 121, 139
"New Orleans, A Prose Poem in the Expressionist Manner" 101
"New Orleans, *the Double Dealer,* and the Modern Movement in America" 102-103
New Orleans: The Place and the People 21
Nicolas & Jean 229
"Notes on Standardization" 105
Old Creole Days 39
"old-time tales about Brer Rabbit and Brer Bear" 145
Our Vampires, Ourselves 214, 228
"People of Color in Louisiana" 21
Poor White 106
"Posson Jone" 39
Prism of the Night: A Biography of Anne Rice 225, 229
Pylon 26, 121, 139
"Regret" 79
Ritual Murder 200, 206
"Secret Messages" 198
"Separate, But Equal" 190-191
Sherwood Anderson and Other Famous Creoles 111
Sherwood Anderson's Memoirs 112
Sherwood Anderson's Notebook 105
"Sieur George" 39
"'Sis Cat' as Ethnographer" 158
Something Unspoken 175
Southern Journey 201, 206
Suddenly Last Summer 27, 164
"Sunset" 126
"Ten Years After Umbra" 194
Tennessee Williams: Plays 179
"The African" 191
The Awakening 26, 81
"The Blind Man" 81
"The Call Of The Wild" 206
"The City of Dreams" 57
The Columbia History of the American Novel 68, 74
The Complete Works of Kate Chopin 96
"The Dreamer" 190
The Feast of All Saints 220
"The Fishmonger's Tale" 114-115
The Grandissimes 14, 37
The Horror Reader 229
The Myth of New Orleans in Literature 25, 28
The Penguin Book of Vampire Stories 213, 228
The Physician and Sexuality in Victorian America 96
The Picket 202

Dust Tracks on a Road 157, 158
"Emancipation: A Life Fable" 83
Encyclopedia of African-American Culture and History 157
Essays, Speeches and Public Letters 139
"Evangeline" 13
Faulkner A Biography 139
Faulkner in the University: Class Conferences at the University of Virginia, 1957 - 1958 139
Fertile Ground 204
Flags in the Dust 136
"For Lil Louis" 197
"Forbidden Fruit" 191
From A Bend In The River 204, 206
From the Deep South 187
Garden District 175
George Washington Cable Revisited 52
George Washington Cable: A Biography 52
Give Us Each Day: The Diary of Alice Dunbar-Nelson 29
Gombo Zhèbes 64
"Her Letters" 80
Herman Melville: Cycle and Epicycle 96
High Ground 187
"I Am New Orleans" 191
I am New Orleans and Other Poems by Marcus Christian 187-188, 205
I Love Myself When I Am Laughing... 157
In Memoriam——Franklin Delano Roosevelt 187
Interview with the Vampire 208, 228
"Introduction to American Gothic" 229
"Jean-ah Poquelin" 40
"Justification" 188
Kate Chopin Reconsidered 96
"Keep Your Distance, Lil White Gal" 191
Kwaidan 56
"La Belle Zoraide" 77
La cuisine créole 64
Lafcadio Hearn's American Days 72
"Latter-Day Creoles: A New Age of New Orleans Literature" 29
Les Savannes 62
Letters of Sherwood Anderson 114
Light in August 45
Literary New Orleans 25, 29
Literary New Orleans in the Modern World 25, 28, 29
Lolita 225
Love and Death in the American Novel 218-219, 228
"Madame Délicieuse" 40
"Madame Delphine" 44
Magnolia Street 196, 205
"Man Done Left Me Blues" 191
Mandeville 73
Many Marriages 26, 105
Memnoch the Devil 210
Mina 228
Moby-Dick 96

Williams, Tennessee 23, 160, 180
Wilson, Edmund 22
Wiltz, Chris 29
Yeats, William Butler 55

作品索引（英語）

A Black History of Louisiana 192
A Dictionary of the Cajun Language 73
"A Meeting South" 112, 113
"A Message for Langston" 195
"A No-Account Creole" 79
"A Note on Sherwood Anderson" 124
"A Rose for Emily" 40
A Streetcar Named Desire 12, 162
A Vocation and a Voice 79
Absalom, Absalom! 18, 45, 121, 139
African American Literature 205, 206
"Al Jackson" 114
"An Egyptian Cigarette" 81
"Another Kind of Confederacy: John Kennedy Toole" 28
"Antique Dealer" 189
"At Cheniere Caminada" 78
At Fault 82
"At the Cadian Ball" 78
"Belles Demoiselles Plantation" 39
"Black 'Ristecrats" 190
Black Liberation Army 202
Black Southern Voices 206
"BLKARTSOUTH/get on up!" 206
Blue Lights and River Songs 196, 205
"Café des Exilés" 39
"Caline" 78
"Canal Street At Noon" 190
Carmilla 211
"Chant d'un jeune Créole" 60
Chahta-Ima, The Life of Adrien-Emmanuel Rouquette 74
Chita 26, 64
Columbia Literary History of the United States 67, 208, 228
Common People's Manifesto of World War II 187
"Congo Square" 204
"Creole Mammah Turn Your Damper Down" 191
Creole Sketches 57
Critical Essays on George W. Cable 52
Critical Essays on Kate Chopin 96
Critical Essays on Zora Neale Hurston 158
Dark Laughter 26, 98
Death in the Woods and Other Stories 113-114
Degas in New Orleans 77, 96
Dictionary of Literary Biography 205
Dracula 211, 228
"Drums Of Menelik" 191

Hurston, Zora Neale　15, 142, 157,158
Jackson, Mahalia　185, 205
Kennedy, Richard S.　25, 28, 29
Killens, John Oliver　206
King, Grace　20
King, Martin Luther　190
King, Stephen　209
Kiraly Marie　228
Kristeva, Julia　181
Ladd, Barbara　52
Lebreton, Dagmar Renshaw　74
Le Fanu, Joseph Sheridan　211
Leveau, Marie　144
Lewis, Rudolpf　187, 205
Longfellow, Henry Wadsworth 13
Longhair, Professor　186
Loti, Pierre　70
Lowell, Amy　22
Marsalis, Wynton　186
Martin, Valerie　29
Mason, R. Osgood　148
McKay, Nellie Y.　206
Melville, Herman　86, 96
Meriwether, James B.　139
Metcalf, Elenor Melville　96
Morton, Jelly Roll　185
Nabokov, Vladimir　225
O'Brien, Howard Allen Francis 224
Oliver, King　185
Payton, Nicholas　186
Percy, Walker　24
Petry, Alice Hall　96
Poe, Edgar Allan　59
Praz, Mario　214, 228
Rampling, Anne　209
Ramsland, Katherine　225, 229
Ransom, John Crowe　22
Reed, Ishmael　24, 194
Rice, Anne　25, 208, 228, 229
Rice, Stanley　225
Roquelaure, A. N.　209
Rouquette, Adrien　61
Ryan, Alan　228
Salaam, Kalamu ya　202, 206
Salzman, Jack　157
Saxon, Lyle　23, 163
Schuyler, George　192
Seyersted, Per　96
Sharif, Amin　205
Shaw, Valerie　80, 96
Simpson, Lewis P.　29
Smith, Julie　29
Spoto, Donald　165
Stein, Gertrude　100
Stoker, Bram　211
Tallant, Robert　23
Tate, Allen　22
Thomas, Lorenzo　205
Tinker, E. L.　72
Tischler, Nancy M.　168
Toole, John Kennedy　24
Toomer, Jean　22, 110
Toussaint, Allen　186
Turner, Arlin　52
Twain, Mark　20, 35, 109
Walker, Alice　142, 157
Ward, Jerry W. Jr.　205, 206
Warren, Robert Penn　22
Watson, Charles S.　177,180
Watson, James G.　139
Whitman, Walt　86
Wilder, Thornton　22
Williams, Cornelius Coffin　178
Williams, Edwina Dakin　165
Williams, Rose Isabel　177

人名索引（英語）

Anderson, Sherwood 22, 99, 122
Armstrong, Louis 185
Baker, Houston A. Jr. 158
Baraka, Amiri 194
Barranger, Milly S. 177
Baudelaire, Charles 59
Baym, Nina 214, 228
Benfey, Christopher 77, 96
Blotner, Joseph L. 139
Boas, Franz 145
Bolden, Buddy 185
Bontemp, Arna 205
Booker, James 186
Boren, Lynda S 96
Bowen, Elizabeth 80
Boxwell, D. A. 158
Bradford, Roark 23
Brown, Sterling 192
Bryan, Violet Harrington 25, 28
Burke, James Lee 29
Cable, George Washington 12, 34, 52, 63, 77, 209
Capote, Truman 24
Chapman, Ablaham 206
Chata, Ialeske 73
Chateaubriand, François-René de 62
Chopin, Kate 14, 76, 209
Christian, Marcus 23, 187
Cleman, John 52
Condé, Maryse 69
Crane, Hart 22
Dakin, Rev. Walter Edwin 178
Davidson, Donald 22
Davis, Sara de Saussure 83, 96
Davis, Thadious M. 205
Dent, Thomas C. 205
Dent, Tom 24, 193, 205, 206
Dolby-Stahl, Sandra 158
Domino, Fats 186
Dunbar, Paul Laurence 21
Dunbar-Nelson, Alice 20-21
Earle, Charles Washington 83
Elliott, Emory 74, 228
Faulkner, Howard J. 158
Faulkner, William 18, 40, 103, 120, 139
Fellers, Bonner 74
Fiedler, Leslie 218, 228
Fitzgerald, F. Scott 122
García Márquez, Gabriel 69
Gates, Henry Louis Jr. 206
Gelder, Ken 229
Gilman, Charlotte P. 84
Goddu, Teresa A. 229
Gwynn, Frederick L. 139
Haller, John S. 96
Haller, Robin M. 96
Harris, Trudier 205
Haskins, Jim 28
Hearn, Lafcadio 14, 43, 54
Hellman, Lillian 24
Hemenway, Robert E. 143, 157, 158
Hemingway, Ernest 22, 111, 122
Henderson, David 193
Holditch, W. Kenneth 28, 29, 163, 164, 169, 170, 180
Hughes, Langston 110, 148, 190, 205
Hull, Gloria T. 29

アメリカ文学《ぶんがく》とニューオーリンズ

2001年10月10日　初版発行

編著者　風《ふ》呂《ろ》本《もと》惇《あつ》子《こ》

発行者　寺《てら》内《うち》由《ゆ》美《み》子《こ》

発行所　鷹書房弓プレス《たかしよぼうゆみぷれす》

〒162-0081　東京都新宿区水道町2-14
電　話　東京（03）5261-8470
ＦＡＸ　東京（03）5261-8474
振　替　00100-8-22523

ISBN4-8034-0464-X　C0098

印刷：堀内印刷　製本：誠製本